Ge

TÜRK EDEBİYATI KLASİKLERİ DİZİSİ

AHMET HAŞİM
BİZE GÖRE -VE BİR SEYAHATİN NOTLARI-

UYARLAMAYA KAYNAK ALINAN ÖZGÜN ESER
KÂĞITÇILIK VE MATBAACILIK ANONİM ŞİRKETİ, 1928

Sertifika No: 40077

EDİTÖR
ALİ ALKAN İNAL

GÖRSEL YÖNETMEN
BİROL BAYRAM

DÜZELTİ
RABİA BETÜL GÜREL

GRAFİK TASARIM UYGULAMA
TÜRKİYE İŞ BANKASI KÜLTÜR YAYINLARI

I. BASIM: EYLÜL 2019, İSTANBUL
VI. BASIM: NİSAN 2024, İSTANBUL

ISBN 978-605-295-942-8

BASKI
SENA OFSET AMBALAJ MATBAACILIK SAN. VE TİC. LTD. ŞTİ
YAKUPLU MAH. 194. SOK. BLOK NO:1 İÇ KAPI NO: 465
BEYLİKDÜZÜ/İSTANBUL
(0212) 613 38 46
Sertifika No: 45030

TÜRKİYE İŞ BANKASI KÜLTÜR YAYINLARI
İSTİKLAL CADDESİ, MEŞELİK SOKAK NO: 2/4 BEYOĞLU 34433 İSTANBUL
Tel. (0212) 252 39 91
Faks (0212) 252 39 95
e-posta: info@iskultur.com.tr
www.iskultur.com.tr

GÜNÜMÜZ TÜRKÇESİNE UYARLAYAN: TİMUR AYDIN

1991 yılında Bursa'da doğdu. Mimar Sinan Güzel Sanatlar Üniversitesi, Türk Dili ve Edebiyatı Bölümü'nde lisans eğitimi gördü. Aynı üniversitede Eski Türk Dili Ana Bilim Dalı'nda yüksek lisans eğitimini *Doğu Türkçesiyle Yazılmış Bir Kabusname* adlı teziyle tamamladı. Gelişim Üniversitesi, Türk Dili ve Edebiyatı Bölümü'nde araştırma görevlisi olarak çalıştı. Halen İstanbul Üniversitesi, Yeni Türk Dili Ana Bilim Dalı'nda doktora eğitimine devam etmekte ve İstanbul Teknik Üniversitesi, Türk Dili Bölümü'nde öğretim görevlisi olarak çalışmaktadır.

TÜRK EDEBİYATI KLASİKLERİ - 24

Fıkra

bize göre -ve bir seyahatin notları-

AHMET HAŞİM

Günümüz Türkçesine Uyarlayan: Timur Aydın

TÜRKİYE İŞ BANKASI
Kültür Yayınları

İçindekiler

Sunuş

Edebiyatımızın az ama öz üreten titiz kalemlerinden Ahmet Haşim, kendi nesli içinde Batı şiirini en iyi araştıran ve bilen sanatkârlarımızdan biridir. Kırk altı yıllık ömründe yüz kadar şiir kaleme alan Haşim için şiir düşünsel ve didaktik bir mesele değil, "resullerin sözleri gibi" çeşitli yorumlara müsait, sözden çok müziğe yakın olmalıdır. Batılı sembolist-empresyonist akımın etkisinde kalan Haşim'in şiirinde derin bir melankoli, müphemlik, uzak ve meçhul diyarlara duyulan nostalji ve çoğunlukla psikanalitik yorumlara muhtaç renkler ve müzik hissedilmektedir. Şiirine göre farklı bir karakter gösteren nesrinde ise açık, sade ve yer yer müstehzi bir ifade vardır. Haşim nesrinde dış dünya hakkındaki gözlemlerini küçük nesne ve olaylardan hareketle aktarmıştır. 1928 yılında yayımlanan *Bize Göre* onun nesrinin en güzel örneklerinden biridir.[1]

Bize Göre'de Atatürk'ten İtalyan pilot Nobile'in kutuplarda kaybolmasına, kelimelerde meydana gelen anlam değişmelerinden tahtakurusunun cesaretine, başparmağın insanlığın gelişiminde oynadığı rolden keyif verici maddelerin insan ruhu üzerindeki etkisine kadar pek çok değişik konuda Haşim'in kendine has kıvrak üslubuyla kaleme aldığı denemeler yer almaktadır. Esasında *İkdam* gazetesinin sütunların-

1 M. Orhan Okay, "Ahmed Hâşim", *TDV İslâm Ansiklopedisi*, c. 2, 1989, s. 88.

da çıkan yazıların derlenmesinden meydana gelen bu kitap Haşim'in belki düşünür yönünü ortaya koyan bir eserdir. En azından Ahmet Haşim henüz kitabın "Başlangıç" bölümünde gazetelerin "fikir"i sütunlarından süpürüp attıklarından şikâyet ederek bu kitabın "fikir"le ilgili olduğuna işaret etmektedir. Ancak kitabın tümü için fikri sıfatını kullanmak "Ay", "Şairleri Okurken", "Kırk Derece" gibi edebi mahiyet gösteren denemeler dikkate alınırsa haksızlık olacaktır.

Haşim'in nesrinin her ne kadar şiirinden farklı olduğu söylenmişse de denemelerinin bazılarında şiirsel bir üslup göze çarpmaktadır. "Kırk Derece"de Haşim yüksek ateşin insanı ne tip halüsinasyonlar görmeye ittiğini anlatırken hayli ilginç bir hayal âlemini tasvir etmektedir: Ateşli hastaya yaklaşan doktorun burnu kıpkızıl bir yüze takılmış hortum, burnun içindeki kıllar süngü, delikler hastanın başına geçmeye hazırlanan külahlardır. Ateşin insan zihninde yarattığı bulanıklığın gerçeküstü boyutunu bu derece gerçekçi şekilde tasvir eden Haşim'in kitapta meylettiği edebi yön yalnızca bununla sınırlı değildir.

Haşim'in üslubunu metaforik bir şölen olarak tarif etmek mümkündür. "Üslup Hakkında Bir Düşünce"de çocukluğunda çok sevdiği bir şiir dergisini yaşlılığında tekrar eline alan Haşim, şiirlerdeki sıfatların, teşbihlerin, istiarelerin böcek koleksiyonlarında topluiğneyle tutturulan ölü kelebekler gibi sayfalarda renkli birer naaş şeklinde durduğunu söylemektedir. "Deniz Kıyısında" başlıklı denemede tehlikeli deniz, hortumunu toplayarak toprağın çıplak çocuklarını, yani denizde eğlenen insanları oyalayan uslu bir fil haline gelmiştir. "Gece Gezintisi"nde otomobil farının vurduğu kedilerin gözleri yere yıkılmış bir sema parçasında parlayan korkunç yıldızlar olarak anlatılmaktadır. "Bahar"da zekâ nar, ayva ve portakal gibi geç renk ve koku bulan bir sonbahar mahsulüdür. "Hemen Her Sabah"ta aşk yabani bir hayvandır ki gizli yollardan şehre girmekte, bahçelerin tarhını ve ağaçlı caddelerin banklarını alt üst etmektedir. Polis ve jandarma aşka karşı hükümet tarafından silahlandırılmaktadır!

Bize Göre aslında edebi ve fikri yönleri birleştiren bir kavşak olarak da düşünülebilir. Çünkü Haşim metaforik üslubunu bazen okuru ikna etmek için bir silah haline getirmektedir. "Dostum"da zihninde hasta sonbahar sineklerinden başka bir şey olmayan sıradan ve sakin bir insanı alkolün nasıl coşturduğu, bu sineklerin içkinin etkisiyle kudurmuş arılara dönüşmesiyle anlatılmaktadır. İlkin düşünceler sinekken, alkolün etkisiyle arıya dönüşmüş, zihin de bir kovan olmuştur. Bu durumda insan ruhu aldığı maddelerin etkisiyle değişik tepkimelere uğrayan bir kimyahane çanağından başka nedir? Özgür iradeden nasıl bahsedilebilir? "At"ta bahar aylarında atların uysal mizacının nasıl sinirli ve ürkek bir hale dönüştüğünden bahsedilmektedir. Şüphesiz bu durum bahar aylarının at için aşk mevsimi olmasındandır. Haşim atla insan arasında bir ilişki kurarak düşündürücü bir soru sormaktadır. Belki insanın da at gibi bir aşk mevsimi olsa, nice zahmetle kurduğumuz medeniyeti diş ve tırnaklarımız yok edecek, bahardan sonra tekrar kurmaya çalışacaktık!

Üslubu olabildiğince korunarak günümüz Türkçesine aktarılan *Bize Göre* her yaştan ve her seviyeden okurun keyifle okuyacağı bir kitaptır. Ahmet Haşim'in zarif zihninden ve mahir kaleminden çıkan bu denemelerin nice kuşakların zihninde yer tutması ümidiyle...

Timur Aydın

Ali Canip'e ve iki eşsiz dostum Refik ve Hayri'ye
bu kitap hürmet ve muhabbetle ithaf olunur.

Başlangıç

Bir nevi ölümden sonra tekrar dirilmeye kavuşan *İkdam*'ın[1] sanat ve edebiyat sütunlarına bakmak vazifesini üzerime almış olmaktan utanıyorum. Bu hicap, edebiyatı yüz kızartıcı bir uğraş telakki ettiğimden ileri gelmiyor. Zira bilirim ki İngiliz milleti Hindistan'dan ziyade Shakespeare'le övünür, bilirim ki İran zalim bir güneşin yaktığı kısır topraklar üzerinde mevcut olmaktan çok Hafız-ı Şirazi'nin şiirinde, Behzat'ın minyatürlerinde ve seccadelerin renkli bahçelerinde yaşıyor; bilirim ki İspanya, ne Alfonso'nun[2] ne de Primo de Rivera'nındır[3] fakat kızıl karanfilli Carmen'in[4] vatanı ancak Greco[5] ve Cervantes'indir. Hayır, edebiyattan değil, karşısında şimdiden aczimi duyduğum okurdan utanıyorum.

Gazetecilik ticaret mahiyetini aldıktan sonra kendisine "müşteri" ismi verilmesi daha doğru olan okurun hoşuna

1 Ahmet Cevdet tarafından kurulan ve ilk sayısı 5 Temmuz 1894 tarihinde yayımlanan gazete. 8 Mart 1910 kadar "İkdam" adıyla yayımlanmış, daha sonra *Yeni İkdam*, *İktihâm* ve tekrar *İkdam* adını almış, 31 Aralık 1928'de yayın hayatına son vermiştir.

2 İspanya kralı XIII. Alfonso (1886-1931).

3 Miguel Primo de Rivera (1870-1930), İspanyol aristokrat. 1923-1930 yılları arasında Restorasyon Dönemi'nin baskıcı hükümetine başbakanlık yapmıştır.

4 Librettosu Prosper Mérimée'nin *Carmen* adlı romanından aktarılan opera 1875 yılında Georges Bizet tarafından bestelenmiş ve eserin başkahramanını İspanyol kadınının simgesi haline getirmiştir.

5 El Greco (1541-1614), İspanyol Rönesansının en önemli adlarından Yunan asıllı ressam.

gitmek gayretiyle gazeteler giderek sütunlarından "fikir"in bütün şekillerini süpürüp attılar. Hareketsizliğe düşen güzel bir vücudu nasıl her taraftan yağ tabakaları kaplarsa, gazeteler de bir taraftan yiyecek ve içecek ilanları, diğer taraftan metni sürgün eden resimlerin istilası altında kaldı. Dünya basınına göz atılınca hükmedilir ki zamanımızda mide ve bağırsak beyinden çok daha şerefli birer organ derecesini almıştır. Hatta iri göbekli insanların etrafımızda çoğaldığına bakılırsa, birçoklarının şimdi beyinlerini kemik kutusundan çıkarıp karınlarında taşıdıklarına hükmetmek lazım geliyor.

Beyin haysiyetinden bu kadar kaybettikten sonra hayati faaliyette insanın filden, karıncadan, leylek veya zürafadan hiçbir farkı kalmıyor.

Rabbim! Her zevki tatmin edecek ve ismi yine sanat ve edebiyat olacak olan felsefe taşını nasıl bulmalı?

Gazi

Yeni harflere dair ilk defa fikir teatisi için Dolmabahçe Sarayı'na davet edilenler içinde Gazi'yi bizzat görmeye gidenlerden biri de bendim.

Heyecanım çoktu.

Fotoğraf merceğine zerre kadar itimadım yoktur. Bundan dolayı fotoğraf makinesinin keşfiyle portre ressamının vazifesine son bulmuş gözüyle bakanlara hak vermek bence zordur. Şekil ve madde ışığın yansımasına göre anbean değişir. Bu bakımdan hiçbir çehrenin vasıfları belirli bir tek görüntüsü yoktur. Fırça sanatkârı çizeceği çehre üzerinde uzun müddet hayatın gelgitini gözlemlemek ve onu birçok değişimlerinde kaydetmek yoluyla sonunda gerçek kimliğin gizli hatlarını sezmeyi ve görmeyi başarır. Fotoğraf bu zihnî analiz ve sentez gücüne sahip değildir. Onun için hassas cam üzerinde çizilen şekle bir belge değeri yüklenemez.

Gördüğüm fotoğraflara kıyasla biraz şişman, biraz yorgun, biraz hatları kalınlaşmış bir vücutla karşılaşacağımı zannederken, kapıdan bir ışık dalgası halinde giren yoğun bir kuvvet ve hayat görüntüsüyle birden gözlerim kamaştı: Gözbebekleri en garip ve esrarengiz madenlerden yapılmış bir çift gözün mavi, sarı, yeşil ışıklarla aydınlandığı asabi bir çehre... Yüzde, alında, ellerde bir sağlık ve bahar rengi... Düzgün taranmış, noksansız, sarı, genç saçlar... Bütün zemberekleri çelikten, ince, yumuşak, toplu, gerilmiş, terütaze bir vücut.

Altı yüz senelik bir devri bir anda ihtiyarlatan adamın çehresi, eski ilahlarınki gibi, iğrenç yaşın hiçbir izini taşımıyor. Alevden coşkun bir nehir halinde köhne tarihin bütün enkazını süpüren ve yeni bir âlemin meydana gelmesine yol açan fikirler kaynağı baş, bir yanardağ zirvesi gibi, taşıdığı ateşe kayıtsız, mavi sema altında sessiz ve gülümseyerek duruyor!

Kendi yarattığı şimşekli bulutlardan, fırtınalardan ve etrafına döktüğü feyizli sellerden yegâne etkilenmeyen meğer onun genç başı imiş!

O günün benim için en büyük nimeti o efsanevi başı yakından görmem olmuştur.

Bir Teşhis

Beş altı seneden beri edebiyatımızın gösterdiği çıplaklık manzarası bütün fikir adamlarını düşündürse yeri var. Okuyup yazmanın halk arasında yaygınlaşması ve bundan dolayı okur sayısının çoğalması nispetinde yazı hünerine musallat olan bu yozlaşmanın anlaşılmaz sebepleri hakkında hayli şeyler söylendi. Felce uğrayan maalesef yalnız edebiyatımız değildir. Bu bitkinlik rengi, gizli bir hastalığın sarılığı gibi, ruh ve hayalin bütün bahçelerine yayılmakta ve bütün yaprakları yer yer soldurup kurutmaktadır. Geçen gün Türk Ocağı'nın[1] bayramında bütün iyi niyetlere rağmen, güngörmüş ve yorgun iki sanatkârın ney ve sazından daha genç ve daha zinde bir şey dinlenilemediğine bakılırsa, müzikte de artık sanatkâr neslinin tükenmiş olduğuna hükmetmek lazım geliyor.

Gerçi iyimserliği saflık derecesine vardıran bazı kalem sahipleri hâlâ kısır çalı fidanları üzerinde taze güller görmekte ısrar etmektedir. Safdilliğin bu derecesi hakkında fikir beyan etmek ancak tıbbın yetki alanına girer.

Bahsi dağıtmadan edebiyata dönelim: On on beş seneden beri aynı nağmeyi geveleyip durduğumuzun bariz alametlerinden biri okurun yeni ürünlere karşı gösterdiği hayretsizlik

1 1912'de İstanbul'da kurulan kültür derneği Kurtuluş Savaşı'nda ve Cumhuriyet'in ilk yıllarında ulusalcı bir çizgide faaliyet göstermiş, 1931'de Cumhuriyet Halk Partisi'ne katılarak kapatılmıştır. Dernek 1949'dan sonra yeniden canlandırılmıştır, günümüzde de faaliyeti sürmektedir.

ve alışkanlıktır. Bu alışkanlık ancak âdet şekline dönüşmüş bir hassasiyetin uysallığı değil midir?

Tepkiler, hiddetler, kinler ve hınçların durduğu bir fikir âlemi içinde, artık yeni hiçbir ürünün vücut bulmadığına zerre kadar şüphemiz olmamalıdır!

Bahar

Mart başlayalı kırkını geçmiş nice tanıdıklarım hastalandı. Bazılarının bronşiti, bazılarının romatizması azmış. Baharın hastalıkları saymakla tükenmez ki... Mart güneşi vücutta çöreklenip yatan bütün yılanları uyandırıyor; toprağın yeniden gençliğe kavuştuğu bu mevsimde hava kuş cıvıltılarıyla beraber insan iniltileri ve hırıltılarıyla dolu. Dün neşeli bir kır köşesinden baharın bu iki zıt manzarasını yan yana gördüm: Bir tarafta genç hayvanlar oynaşıyor, kuşlar uçuşuyor, taze dudaklar ağaç kütüklerinin siperinde sonu gelmez buselerle öpüşüyor; diğer tarafta ise yaşlı hastalar yorgun iskeletlerinin soğumuş kemiklerini güneşte ısıtmakla meşgul. Bahar bir muhasebeci gibi, hayata yeni kavuşturduğu yaratıkların adedini yaşayanların yekûnundan mütemadiyen çıkarmakta...

Ne yazık ki vücudun haraplığı zekânın olgunluk zamanına tesadüf eder. Manasız çocukluk, tatsız gençlik, şen olgunluğa hazırlanmaktan başka nedir? Zekâ –nar, ayva ve portakal gibi– geç renk ve rayiha bulan bir sonbahar mahsulüdür. En az kırk sene güneşte pişmeden bu asil meyve ballanmıyor. Dünyayı idare eden ilim, fen, iktisat, sanat ve edebiyat akımlarının düzenleyicisi şakakları beyazlanmış kafalardır. Genç allame ve genç dahi bir mucizedir ki bazı yerlerde vücut buluyor.

Ne olacağı meçhul yeniyetmelere yer açmak için ölümün her sene, bilhassa baharda kır saçlara attığı tırpan, kim bilir, tabiata karşı insan zaferini ne kadar geciktirmektedir!

Kürk

Nereden geldiği ve nasıl başladığı meçhul bir kürk modası İstanbul'un hemen bütün kadın tabakalarına yayıldı.

Bu moda dedelerimizin ve ninelerimizin malum kürkünü tersine çevirip sırta geçirmek ve kurt veya goril gibi iri cüsseli bir hayvana benzemek tuhaflığından ibarettir.

Bu moda o kadar yaygınlaşmış ki şimdi kastor mantosu olmayan hanımın hiç olmazsa kedi veya fare derisinden bir kürkü olması icap ediyor.

Tırnaklarını uzatıp sivrilten ve vücudunu baştan başa tüylü göstermek isteyen kadın belli ki insandan gayrı bir hayvana benzemek için uğraşıyor. Kadınlarda bu insan şeklinden uzaklaşma meylinin sebepleri ne olsa gerek?

Süleyman Nazif'in Mezarı

Süleyman Nazif'in geçen sene öldüğünden tabii hiçbirimizin şüphesi yok. Fakat bu hayrete şayan insanın artık yaşamadığı fikrine alışmak da ne zor! Hâlâ bize bir oyun yapmak için bir tarafta gizlendiğini ve neredeyse bir kapı arkasından sesinin gürleyeceğini zannediyorum. Ebedi kudretlerin hemcinsi olan bu adamın ölmesi rüzgârın sonsuza dek durması gibi insana gayritabii görünüyor.

Bununla birlikte onu tanımış olanların bu dakikada vehmi ve hayali ne olursa olsun, Süleyman Nazif artık yaşayanların dünyasından uzak, yeraltı âleminin sakinleri arasında bulunuyor. Koca bir değirmeni harekete getirmeye kâfi bir kudreti bazen bir tek cümlenin zembereklerine sıkıştırmayı bilen o kasırgalar kardeşi, ihtimal şimdi topraklar altında ya bir zelzeleye dönüşmüştür veyahut yarın yıldırımlarla güreşecek koca bir çınar halinde fışkırmaya hazırlanıyor.

Süleyman Nazif'in mezarı hâlâ yapılmamış. Bunu mezar yapmak için bir heyetin yeni kurulduğu haberinden öğreniyoruz. Elli altmış kuruş ufak para miras bırakmış olan bu büyük Türk yazarının mezarını bundan sonra da yapmasak pekâlâ olur. Bu gibi aç ölenlerin çürümüş kemiklerine mermerden bir köşk yapmaya kalkışmaktan ne çıkar? Sadakayla dikeceğimiz iki taş o tunç lisanın kendi sahibine yaptığı çınlayan mezardan daha güzel ve daha sağlam mı olacak?

Hemen Her Sabah

Hemen her sabah gazeteyi açınca okuduğumuz klişe havadislerden biri: "Falan mahallede falanın kızı, şu yaşta falan hanım, sevdiği gençle şu veya bu sebepten dolayı evlenemediği için eline geçirdiği bir şişe tentürdiyodu içmiş veyahut kendini civar bir bostanın kuyusuna atmış. Zamanında yetişilemediğinden vs..."

Aşkın zedelediği bin türlü talihsizler içinde en ziyade bu hiçe giden kurbanlara acımalı. Zira bu zavallılar bilmiyorlar ki birbiriyle evlenmemesi lazım gelenler varsa onlar da yalnız sevişenlerdir. Üstadım Gourmont'un[1] dediği gibi aşk ile evliliği karıştırmamalı. Aşk yabani bir hayvandır. Kanunlar haricinde, isyan ve ihtilal dağlarında yaşar. Ancak gece karanlıklar basınca, gizli yollardan şehre girer ve bahçelerin tarhını, ağaçlı caddelerin banklarını alt üst eder. İbadethanelerde her gün lanetlenen aşktır. Hükümetler polis ve jandarmayı ona karşı silahlandırır. Halbuki evlilik bir şehir kurumu, bir emniyet düzenidir. At cambazhanelerinde müzik çalan ve fokstrot[2] oynayan, dişi sökülmüş, tırnakları eğelenmiş zararsız aslan orman canavarına göre neyse, aşka kıyasla evlilik de odur.

Aşk geçici, evlilik ise daimidir. Evliliği aşkın devamı zannetmiş nice safdil çiftler üç ay geçmeden dudaklarda ateşin

1 Remy de Gourmont (1858-1915), Fransız yazar ve şair.

2 XX. yüzyılın başında Avrupa'da ortaya çıkan ve 1920'lerde asıl ününe ulaşan dört tempolu bir salon dansı.

söndüğünü görmüşler ve bir akşam kendilerini karşı karşıya esner bulmaktan hayret etmişlerdir. Aşk değişmeyince ölür.

En eski edebiyattan en yenisine kadar, her dilde şiirin konusu eş değil sevgilidir, hayaller ve istiareler hep sevgilinin süzgün gözleri ve karanlık kirpikleri etrafında pervaneler gibi uçuşur. Kahramanı eş ve konusu evlilik olan hikâyeden daha tatsız ne olabilir?

Dergiler

Gazete idarehanesinde biriken edebi dergilerin yapraklarını karıştırıyorum. Bunlar içinde güngörmüşleri, gençleri ve henüz yeni yayıma başlamış olanları var. Fakat kapları çevrilerek içeriklerine göz atılınca derhal aralarındaki yaş farkları siliniyor ve hepsi de insana yeknesak bir buruşuk çehreyle bakıyor: Aynı şeyleri aynı tarzda söylemek için bu kadar nesillerin birbiri arkasından gelmesine ne lüzum vardı?

Bu mecmuaların sayfalarını açan okur sanki yanlışlıkla viranede bir bodrumun kapısını aralamış gibidir: Burun keskin bir çürüme kokusuyla kırışıyor ve kulak güya yer altında bir ölüyü gömmek ve ağlamak için toplanmış garip bir cemaatin iniltisi korkusuyla dikiliyor. Bu keskin koku hangi leşten geliyor? Şiirden! Bu baykuş feryadını duyuranlar kim? Şairler! Her devrin şairleri!

Bilmem bu muammayı nasıl halletmeli? Bizde manzum sözle konuşanlar içinde hiçbir genç ve sağlıklı insan yok mudur? Bunların hepsi de yaşlı, hasta, verem, sıracalı,[1] kambur, kör ve topal mıdır ki sesleri yalnız ah ve inleme perdesinden yükseliyor, sevgilileri onları kovuyor, nişanlıları bırakıyor ve su, gece ve mehtap kendilerini mütemadiyen ölüme çağırıyor?

Şiir bu tarzda bir inilti olmakta devam ettikçe şair kelimesi müthiş bir hastalığın ismi gibi sağlıklı insanları elbette korku ve tiksintiyle titretecektir.

1 Deride ve genellikle boyunda görülen, lenf düğümlerinin şişkinliğiyle beliren tüberküloz türü.

At

Baharda şu atlara ne oluyor? Bazı böceklerin ve kertenkelelerin aşk mevsiminde organlarının zehirle dolduğunu biliyoruz. Acaba atların da mı kanını zehirliyor? Senenin on bir ayı yumuşak başlı ve uysal olan at, bahar çayırından ağzına bir tutam ot alınca hassas, sinirli, ürkek ve tehlikeli bir hayvana dönüyor. En uzak ufukların arkasından gelen en hafif bir kısrak kokusunu duyar duymaz, bahar güneşinden renkli tüyleri pırıl pırıl yanan güzel başın burun delikleri korkunç bir iştahla açılıyor, kulaklar huniler gibi dikiliyor ve genç kişnemeler bahara has bir fırtınanın gök gürültüleri gibi yeşil ovalarda uzun uzun akisler yapıyor. Aşk mevsimi müddetince hemen bütün dört bacaklılar gibi bu zavallı asil hayvanın bir dakika rahatı yoktur.

Şükretmeli ki insan böyle belli bir aşk mevsimine tabi değil! Öyle olmasaydı, baharın kokuları havalara dağılır dağılmaz kuduracak insanın diş ve tırnaklarıyla yıkacağı medeniyete, her sene bahardan sonra yeniden başlaması lazım gelecekti.

Erkekleşme

İntiharlar tekrar çoğaldı. İhtiyarları açlık, gençleri aşk ölüme sevk ediyor. Gençler içinde kendini öldürenlerin büyük çoğunluğunu erkekler teşkil ediyor.

Şu halde erkeği seve seve ölüme yollayacak derecede cinsel bir üstünlük ve kudrete sahip olan kadının erkeğe, yani kendi esirine eşit olmak ve benzemek için yaptığı bütün o canını dişine takarcasına gayretlerin sebebi delilikten başka ne olabilir?

Altın gözlerin tılsımını ve mercan dudakların ateşini bir kâğıt çantasına, bir mürekkepli kaleme ve bir muşambalı pardösüye değişen modern kadınla beş on dakika biraz yakından konuşmak, erkekleşme merakının kendisine ne pahalıya oturduğunu anlamaya kâfidir: İş kadını –erken yazıhanesine gitmeye ve geç evine dönmeye mecbur olduğu için yıkanmaya ve temizlenmeye hiç vakti olmayan kirli iş adamı gibi– acı acı ter, kepek, yağ ve toprak kokuyor. Lavanta ve pudra deriden ve saçtan dağılan o karışık kokuyu daha iğrenç yapmaktan başka bir şeye yaramıyor.

Binlerce asırlık erkek medeniyetini anlamak ve benimsemek için işe pek geç koyulan kadın şimdi müthiş bir çalışmaya mahkûmdur. Er geç zihin yorgunluğu dünya yüzünü saçı vaktinden evvel dökülmüş, cascavlak, düşünen kadın başlarıyla da dolduracaktır.

İşte o gün feci intiharın dünya yüzünden tamamen kalkacağı gündür!

Şehir Dışı

Üç dört seneden beri uzak kırlardaki çiftliğinde arılar, inekler, keçiler ve tavuklardan oluşan dost bir hayvan çemberi ortasında yaşayan akıllı bir dostumu ziyarete gittim.

Şehirden tamamen uzaklaşan bu dostu ilk bakışta tanımak zor oldu: Saçları vahşi bir gelişmeyle başını sarmış, rengi bakır kırmızılığı almış, dişleri uzamış, konuşmasında çetin sesler peyda olmuştu. Alnında ne hüzünden, ne de neşeden eser kalmıştı. Tabiat, dostumu kendine benzetmiş ve onu bir kaya parçasına döndürmüştü.

Tabiatın insana yapacağı en büyük iyilik, şüphe yok ki cismi böyle haşin bir zırh ve içindeki ruhu da böyle bir çelik külçesi haline getirmektir. Şehirlerin sarı derisini kırların kızıl derisine değişmedikçe, güneşin ve toprağın kardeşi olmak mümkün mü?

Derler ki aynı ağaçların, aynı tepelerin ve aynı simaların uçsuz bucaksız bir tekrarından başka bir şey olmayan kır âleminin saadetleri sırf şairane bir yaratıcılığın eseridir. Doğrusu yaşamak hünerindeki aczi yüzünden şehirde mesut olamayan şair, oktruva[1] sınırı haricinde bir cennet mevcut olabileceğini zannetmiş ve başkalarını da buna inandırmak için asırlardan beri manzum sözün telkin kudretinden yar-

1 (Fr.) octroi: İlk olarak Roma döneminde şehir girişinde özellikle yiyecek maddelerinden alınan vergi, II. Dünya Savaşı'ndan sonra da bazı Avrupa ülkelerinde uygulanmaya devam etmiştir.

dım dilemiştir. Bu itibarla şairin kırı, olsa olsa kolay süt, ekmek, peynir ve bal temin eden bir çiftlik olabilir.

Fakat kır, hakiki kır, sert toprakla sert insanın boğuştuğu âlemdir.

Eleştirmen

Bir mühendisi, bir şairi, bir doktoru, hatta ismini bile ömrünüzde işitmediğiniz herhangi bir mesleğe mensup birini, hiç anlamadığınız bir işinden dolayı beğenir gibi olunuz. Derhal bütün faziletler sizindir: İyilikseversiniz, zekisiniz, sevimlisiniz, terbiyelisiniz; ilminize, irfanınıza hiç diyecek yok! Ağzınızdan düşürüverdiğiniz küçük ve ikiyüzlü bir methe karşılık sırtınıza geçirilen tantanalı altın kaftanı bir an içinde kaybetmemek ve yağmur altında bir çıplak gülünçlüğüne düşmemek istiyorsanız, sakın sözünüze en ufak bir ihtiyat kaydının gölgesini düşürmeyiniz.

İşte rahat yaşamanın düsturu!

Halbuki her fikir otlağından topal ve yaralı bir hayvan gibi sopayla, taşla, tekmeyle uzaklaştırılan eleştirmen hakikatte insan zekâsının en etkili hizmetkârlarından biridir. Müstakbel şafaklara doğru yürüyen alayın ta önünde ümidin bayraklarını dalgalandıran onun koludur.

Büyük üstadım Gourmont şunu der: Bütün canlı mahlûkata kıyasla insanın üstünlüğünü yapan yeteneklerinin çeşitliliğidir. En zeki hayvan bir tek şey yapar. Fakat onu mükemmel yapar: At arka ayaklarıyla Dempsey[1] ve Carpentier'nin[2] yumruklarından daha mükemmel çifteler atar,

1 William Harrison "Jack" Dempsey (1895-1983), 1919-1926 arasında ağır sıklet dünya şampiyonu olan Amerikalı meşhur boksör.

2 Georges Carpentier (1894-1975), 1920-1922 arasında hafif sıklet dünya şampiyonu olan Fransız boksör. 1921 yılında Dempsey ile bir maç yapmış, ancak yenilmiştir.

arı kimyahane fırınlarına ve dolaşık imbiklere hiç muhtaç olmaksızın bir Berthelot[1] dehasıyla balını süzer, örümcek en usta bir dokumacı gibi havadaki tuzağının görünmez tellerini örer. Fakat o kadar!

Halbuki binbir sahaya dağılmış çalışan insan faaliyetinin mahsulleri ister istemez eksik ve geçicidir. Hayvan gayesine varmış duruyor, insan gayesini hâlâ aramakla meşguldür.

Herhangi bir sahada insanı artık daha ileriye gitmekten uzak görenler bilmeyerek onu hayvan seviyesine indirmek isteyenlerdir.

Eleştirmen ise her insani marifetin hâlâ olgunlaşmaya muhtaç olduğunu bağırmakla, her sabah insana hayvan olmadığını hatırlatıyor.

---

1 Pierre Eugène Marcellin Berthelot (1827-1907), özellikle termokimya alanındaki çalışmalarıyla tanınmış Fransız kimyager.

Sinema

Boş vaktim oldukça sinemaya giderim. Yumuşak bir karanlığa gömülmüş, makinenin hışırtısını dinleyerek, cismimin değil, ruhumun bir çetin yol üzerinde mola verdiğini hissederim. Karanlık, ölümün bir parçasıdır, onun için dinlendiricidir. Büyük dinlenme bir karanlık denizine dalıp bir daha ışığa kavuşmamaktan başka nedir?

Sinemanın diğer bir fazileti de olgun yaşın kafatası içinde bir deste deve dikeni gibi sert duran acıtıcı mantığı yerine, çocuk safdilliğini ve kolayca aldanış kabiliyetini ikame etmesidir. Rüya âlemi üzerine açılmış sihirli bir pencereyi andıran beyaz perdede koşuşan, dövüşen, düşen, kalkan şu ahmak şahısların tatsız tuhaflıklarından veyahut kovboy atlılarından veya harikulade hırsızlık vakalarından başka türlü tat almak mümkün olur muydu? Resmi beyaz perde üzerinde kımıldayan şu rimelle kirpiğinin her teli bir ok gibi dikilmiş güzel kadının gözünden damla damla akan sahte gözyaşları, zevkini ve aklıselimini şapka ve bastonuyla birlikte vestiyere bırakmayan adamı üzüntüden değil, ancak can sıkıntısından ağlatabilir.

Sinema böyle yormayan masum bir göz eğlencesi kaldıkça, yorgun başın munis bir sığınağıdır. Her zevkini kaybetmiş ruhu çocukluk tazeliğine kavuşturan bu karanlıkta basit müzik tatlı bir ninni vazifesini görür. Ben en güzel ve en dinlendirici uykularımı sinemanın ipek yastıklar gibi başın arkasına yığılan yumuşak karanlıklarına borçluyum...

Çingene

Dün bahar bayramıydı, yani bayramların en tabiisi! Papatya, gelincik ve bülbül âlemi içinde hayattan bir günün acılarını unutmak için bütün şehir halkının şen bir kafile halinde döküldükleri yeşil istikametleri takip ederek Kâğıthane deresine indim. Bu mahzun ve karanlık vadide baharı görmek hayaliyle tozlu ve dolaşık yollar üzerinde saatlerce taban tepmiş ve ter dökmüş olanların –her sene olduğu gibi– bu sene de kendi saflıklarına acı acı gülümsediklerinden şüphe etmiyorum.

Benim Kâğıthane'de aramaya gittiğim ne kuş, ne de çiçekti; sırf çingene görmek ve zurna dinlemek arzusuyla şu sonu gelmez bir akşam alacalığının kederine gömülmüş olan iki dağ arasına gittim. Çingene insanın tabiata en yakın kalan güzel bir cinsidir. Zannedilir ki bu tunç yüzlü ve fağfur[1] dişli kır sakinleri insan şekline dönüşmüş birtakım neşeli yeşil ağaçlardır. Çingene bizzat bahardır. Çocukluğumda gördüğüm baharlardan bugün hatırımda kalan hayal yeşil, kırmızı, sarı şalvarlar giymiş, şarkı söyleyen ve el çırpan bir alay genç kız içinde tahta zurnasını çalıp bu müziğin vahşi kahkahaları andıran benzer yankılarıyla yeşil vadileri uzun uzun inleten genç bir çingenedir.

Heyhat! Dün Kâğıthane Deresi'nde yankıya hâkim yalnız bozuk fonograf[2] sesleri idi.

---

1 Çin porseleni.

2 Sesleri mekanik olarak bir silindir veya disk üzerine kaydedip istenildiğinde tekrar dinlemeyi sağlayan cihaz. Gramofonun ilk biçimi.

Dinlenme ve Eğlenme Günü!

Cuma gününe eğlence ve rahat günü denilmesine gülmeli! Bütün yiyeceği ve içeceği dolaplarda kilitlenmiş, odalardaki kanepe ve koltukları kaldırılmış bir evde yiyip içmek, gülüp oynamak mümkünse, şu cuma gününün bir veba rüzgârıyla süpürülmüş gibi boşalan sokaklarında eğlenmek de ihtimal mümkün olur.

Bu cuma günü sabahleyin evimde düşündüm: Güneşin batacağı ve beni cumadan kurtaracağı saate kadar geçireceğim zaman gözüme ayaklarımla çıkacağım sarp bir dağ tepesi gibi göründü. Moda sahillerini düşündüm: Sarı saçlı İngiliz sütninelerinin el arabalarında dolaştırdığı pembe çocukları seyretmekle geçirilecek bir günün zevki bana hiç de kâfi derece cazip görünmedi. Bir dost evinde dedikodu, kahvelerin birinde bir fincanla karşı karşıya düşünme veya Kızıltoprak kırlarında otlayan başıboş öküzlere refakat şıkları arasında bir karar veremeyerek, nihayet İstanbul'a inmek için iskeleye koştum.

Yeni yanaşan vapurdan neşeli bir halk boşalıyordu. Köylüyü kaçıran zevklere kavuşmak üzere acele eden bu safdillere içimden acıdım.

Vapur köyden ayrıldı. Köprüye çıktık. Demir parmaklıklara dayanmış, sulara dalgın bakan mahzun bir halk, cumasını İstanbul'da geçirmeye gelen bu diğer zavallılara sanki gizli gizli bakıp merhametle baş sallıyordu.

Cuma günü! Ölüm günü! Zevkin nerede?

Bulutlar Karşısında Bir Konuşma "Kuraklık Münasebetiyle"

Fen, yağmuru lazım olduğu zaman yağdırmak imkânını bulmadıkça veyahut suyun yerini tutacak bir madde keşfetmedikçe dünyanın mutlak hâkimleri şu kızıl ufuklar üzerinde sıra sıra yürüyen ve gürleyen siyah bulutlar kalacak! Hint'in kadim din kitabı olan *Vedalar*'da[1] bulutların metaforik ismi ineklerdir. Kimyanın sonsuz ilerlemesine rağmen dünya hâlâ gıdasını şu semavi memelerden akan sütte arıyor. Fen bulutların keyif ve hevesine hükmedebilmekten şimdilik hayli uzaktır. İnsan sefaletine karşı bulutları merhamete getirmek için elimizde yağmur duasından başka hiçbir çare yok!

Bulutlar bize küsünce nehirler kurur, tarlalar ölür. Bahçeler solar, toprak mahsullerini keser; şahısların kesesi ve neticede devletlerin hazinesi boşalır; ticaret durur, sanat durur. Bu geniş trajedi çerçevesi ortasında insanın korkunç kaderini bir an tasavvur etmek bile muhayyileyi yakmaya kâfidir. Denilebilir ki alışılandan biraz daha fazla sürecek bir kuraklık milyonlarca insan neslinin asırlardan beri zahmetle biriktirdiği zekâ sermayesini tüketmeye ve bizi bu derece şımartan bir medeniyeti iflas ettirmeye kâfidir. Hâsılı hayatın sonsuz çarklarını döndüren bulutlardır!

---

1 *Vedalar*, Hint mitolojisinin temel kaynaklarını oluşturan en eski dinî metinlerdir. Bilmek fiilinden türetilmiş olan "veda" kelimesinin anlamı bilgidir. Dört "veda" vardır: ilahi bilgisi Rigveda, melodi bilgisi Samaveda, kurban bilgisi Yacurveda, sihir bilgisi Atharvaveda.

Desene! Şu çarkları suyla dönen dünya eski zaman işi bir değirmenden hâlâ farklı değil!

Kelimelerin Hayatı

Hiçbir şey lisan kadar bir ağaca benzer değildir. Lisanlar –tıpkı ağaçlar gibi– mevsim mevsim rengini kaybeden ölü yapraklarını dökerler ve tazelerini açarlar. Lisanın yaprakları kelimelerdir.

Edebi bir metni okuyorken, daha düne kadar canlı bir manası olan melek kelimesinin bugün tamamen hayatiyeti tükenmiş, renksiz ve şekilsiz bir söz haline geldiğini hissettim. Bu kelime şimdi Türkçede soğuk bir naaştan başka bir şey değildir.

Edebiyattaki manasına göre melek bir kadındır ki gözleri mavi, saçları sarı ve beyaz entarisinin etekleri uzundur. Hristiyan sanatında melek lepiska saçları topuklarına kadar uzanan, büyük güvercin kanatlı, mahcup bir genç kız suretinde temsil edilir ve daima elinde sur[1] cinsinden uzun bir müzik aleti olduğu halde, gökte beyaz bulut yığınlarının kenarından tebessüm ettirilir.

Bu verem çehreli öteki dünyadan gelen güzelin örneği, kadın kıyafetinin son değişimine kadar devam edebilmişti. Fakat kadın saçları berber makasıyla kısalıp, eteklerin yarısı da terzi nefesiyle uçarak dizleri çıplak bıraktığı günden sonra melek birden mazinin silik şekilleri arasına düşmüştür.

Şeytani bir alevin temasıyla yer yer ateş kırmızılığına boyanan çağdaş kadın çehresi yanında uzun sarı saçlı ve mavi gözlü melek şimdi aptal bir halayık çehresinden daha fazla cazip değil.

1 İçi boru gibi boş olan ve üfürülmek suretiyle ses çıkarılan büyük boynuz.

Dostum

Dostum alelade bir insandır, onun için tarifi gayet zordur. Vücudunun kusurlarını elbiseyle gizlemek hünerinden habersizdir, yani şık değildir, ahlak kaideleriyle de ruhunun çirkinliklerini saklamayı bilmez, yani ikiyüzlü değildir.

Dün onunla caddede karşılaştık. İşinden yeni çıkıyordu. Yorgundu. Hissediyordum ki zihninde fikirler sonbaharın hasta sinekleri gibi zahmetle kımıldanıyordu. Kendisine bir yerde oturup dinlenmeyi teklif ettim. Alıştığımız bir köşede, iki siyah bira kadehi karşısında sakin sakin konuşmaya koyulduk. Köpüklü serin sıvı boğazından geçtikçe bir dakika evvel zihninde sürüklenmekten bile âciz sineklerin yavaş yavaş kanat oynatmaya başladıklarını gözümle görüyor gibiydim. Alkol miktarı yorgun bünyesinde çoğaldıkça zekâsı adeta muntazam bir faaliyetin merkezi olmaya başlıyordu.

Fakat biranın zayıf tesirini yetersiz bulan dostum birden şeytani bir ilhama tabi olarak kendisine karışık bir Amerikan içkisi getirtti. Fazla bekletmeden bira ve kokteyl zihninde müthiş bir infilakla karşılaştılar ve ölgün sinekleri kudurmuş arılara döndürdüler. Şimdi dostum karşımda tepeden tırnağa kadar vızıltılı, coşkun bir kovan olmuştu. Evvela bize hizmet eden adama şiddetle hakaret etti, beni sebepsiz tersledi ve biraz evvel masamıza misafir gelen bir arkadaşla hiçten münakaşaya girişerek fikrini hiddet ve şiddetin en son perdelerinden çıkan korkunç bir sesle müdafaa etti.

Hesabımızı gördük. Onu açık havaya çıkardım. Bir bahar akşamının tatlı serinliği kıpkızıl çehreye vurdukça sesin sertliği düştü. Hiddeti yavaş yavaş derin bir sükûna döndü.

Bana söyleyiniz: Boğazından geçen içkilerin türüne, ışığa ve havaya göre her an ruhu muhtelif davranışların sahnesi olan dostumun bir kimyahane çanağından farkı var mıydı? Dostumun insan olarak irade kudretine ne kıymet verirsiniz?

Dilenci

Yolumun üzerinde her sabah tesadüf ettiğim bir dilenci var. Bu zeki çehreli insan yoklama defteri imzalamaya mahkûm bir kalem efendisi düzeniyle her gün tam saat altıyı kırk geçe köşesine gelir ve tam saat ona kadar da bir tek söz söylemeksizin, sırf gözlerinin derin elemi ve edasının sessiz belagatiyle gelip geçenlerin merhametini avlar. Merhametlerin birer şaşkın güvercin telaşıyla bu mahir avcının kurduğu tuzağa düşmek için nasıl kanat çırptıklarını görmek benim her sabahki eğlencemdir.

Sabır, tahammül, düzen gibi karakter faziletlerinin en çetinleriyle donanmış ve aynı zamanda ustalıklı bir sükûtun boş bir belagate tercih edildiğini bilecek kadar zevk ve idrak sahibi olan bu insanın daha çetin sahalarda, daha kârlı avlar arkasında koşması mümkünken, bir dilenci kılığı altında gelip geçenlere el uzatmaya razı oluşunu büsbütün budalaca bir hareket saymadım.

Bu insan haklıydı:

Hayatın zevk kaynağı olarak kuvveti ve insanın yaşamak hususundaki kudreti nispetinde fakirin hali yamandır. İşte bunun içindir ki New York veya Londra gecelerinde kuru bir kemik parçasını açlıktan gözü dönmüş köpeklerin ağzından kapmaya muhtaç kalan korkunç hayat düşkünlerine verilen fakir ismi Hindistan'da, Ganj Nehri kenarında yarı kutsal bir payenin unvanıdır. Fakire merhamet saadet ve felaketleri görünmez kuvvetlerin keyfine tabi ve dolayısıyla her an refahtan sefalete düşmek tehlikesine maruz olanların bilinmezden bir tür medet ummasıdır. Bu gibilerin dilenci avucuna sıkıştırdıkları her sadaka yarın istemekten korktukları bir sadakanın sermayesi gibidir.

Her sabah sessiz bir trajedi çehresiyle karşıma çıkan dilenci, şüphesiz, hesabın henüz tesadüfe galip gelmediği bir âlemde yaşadığını biliyordu ve sınırsız bir saflık ve gaflet denizi içinde merhameti değerli inciler şeklinde kolayca avlamaktan zerre kadar mahcup görünmüyordu.

Basit Bir Mesele

Nişantaşı taraflarında oturanlar –veyahut benim gibi o semte ara sıra misafir gidenler– bazı öğleüstleri ve bazı akşamlar caddeden yükselen yakıcı bir kaval sesiyle elbette titremişlerdir. Çağdaş, büyük apartmanlar mahallesini sanatın sihriyle bir anda kır, bağ, dağ âlemine çeviren bu köylü, yeşil müziğin kaynağı bir körün üflediği bakır borudur. Beğenmediniz mi? Eski efsane dünyasında Marsias[1] Apollon'un[2] mağrur rübabını[3] hakir kamış düdüğüyle mağlup etmişti.

Kıyafeti, şekli, vaziyeti hep kendi aleyhine olan bu zavallı sokak çalgıcısının perişan bedeni ilahi bir sırrın mahfazasıdır. İşte sanatkâr budur. Dikenli, karmakarışık bir fidanda gül mucizesinin ortaya çıkmasını tabii bulanlar, sanatkârın maddi ve manevi hali arasındaki farka hayret etmemelidirler. Adım atmak için bile bir başkasının yardımına muhtaç olan ve ancak kuru ekmekle geçinebilen bu gözsüz ve âciz insan, manevi sahada bilakis kudreti sonsuz bir hükümdardır. İstediği dakikada bize bir titreyiş gömleği giydirmek, kalbimizin atışına, kanımızın dolaşımına hükmetmek için

---

1 Yunan mitolojisinde güzel flüt çalmasıyla ünlü Frigyalı satir. Lir çalan Apollon'la yarışır, yarışmayı kurnazlıkla kazanan Apollon tarafından öldürülür.

2 Yunan mitolojisinde müziğin, sanatların, güneşin, ateşin ve şiirin tanrısı. Okçu, kâhin ve hekim olarak anılır.

3 Çoğunlukla Orta Asyalı halklar tarafından kullanılan, hem ayaklı kemane hem de lavta türünden, tamamen veya yarı yarıya deri göğüslü, telli bir çalgı.

bu insanın bizzat bize görünmeye, bizi ikna etmeye, söz söylemeye, nefes tüketmeye hiç ihtiyacı yoktur. Müziğinin her hamlesi hünerinin hem teorisini, hem de lezzetini dinleyene bir anda telkin ediyor. İşte sanat, işte hakiki sanat budur! Ötesi laftır.

Kargalar

Hani bu sene kargalara savaş ilan edilmişti? Ya bu tepemizde sürü sürü uçuşan kara kuşlar ne? Her sabah gözlerimi semalardan gelen paslı sesler gıcırtısıyla açıyorum. Sanki binlerce çelik makas semaların lacivertliğini doğramak için mütemadiyen açılıp kapanarak havada cehennemî bir gürültü ile şakırdıyor. Bahar geleli kargalar sınırsız bir neşe içinde! Sanki insan silahına karşı yeni üstünlüklerini kutluyorlar. Vapura gitmek için geçtiğim tarlaya konan kargalar şimdi gelip geçenden zerre kadar korkmuyor. Bilakis bu tank gibi madenî bir zırhla her tarafı kaplı kuşların yuvarlak kanlı gözü ve çelikten gagası garip bir tehditle insana doğru çevriliyor. Öyle ya! Galip mağluba başka türlü mü bakacaktı?

Kargalara karşı her sene açılan muazzam savaşın böyle boş neticeler vermesi hasmımızın zekâsı hakkındaki eksik bilgimizden ileri geliyor. Serçe gibi zayıf bir hasımla dövüşmediğimizi bilmeliyiz. Evliliği insanlardan daha iyi tatbik eden ve koku alma duyusu köpeklerden bin kere daha kuvvetli olan bu et yiyici kuş, bir sopayı bir tüfekten ayırmak hususunda en seri bir anlayış kabiliyeti gösteren sayılı kanatlı hayvanlardan biridir. Yapılan bazı tetkiklere göre karga üç sayısına kadar saymayı da biliyor: İki avcı bir adaya karga avına gitmişler. İlk tüfek patladıktan sonra tabii kargalar adadan uzaklaşmışlar. Avcılardan biri adayı terk etmiş, kargalar dönmemişler ve ancak ikinci avcının da adadan çıktığını gözleriyle gördükten sonra ağaçlarına dönmüşler. Üç avcıyla aynı tecrübe aynı neticeyi vermiş. Fakat avcı adedi üçü geçince rakamı seçmek hususunda karga zekâsının dumanlanmaya başladığı görülmüştür.

Çoğumuzdan akıllı olan bu çelikten dökülmüş zeki kuşla uğraşmak için avcı tüfeği değil, mitralyöz lazım!

Yeni İstanbul

Gerçi yangın bir felakettir, fakat belediyenin bazı mühim vazifelerini çoğunlukla yangınlar gördüğü için İstanbul halkı yuva yakan alevlere karşı kendini minnettar saysa yeri vardır. Fatih taraflarının, Hırka-i Şerif'in, Karagümrük'ün eski sokaklarını, köhne evlerini bilenler, yangınlardan sonra oralarda açılan geniş ve havadar sahalar karşısında, Fransızların dediği gibi, felaketin bir şeye yaradığını görmüşlerdir.

Bununla birlikte itiraf etmeli ki nice hüsranlar ve gözyaşları pahasına mal olan bu hazin nimetten lazım olduğu gibi istifade etmesini bilmedik. Yangın mıntıkasında açılan bulvarların her iki tarafında peyderpey yapılmakta olan küçük, üslupsuz, nizamsız binalar beriki çirkin İstanbul'un çekirdeğini teşkil ediyor.

Mimari eserler fazla çirkinliği, fazla tuhaflığı taşımaz. Gülünç bir tabloya bakmamak, fena bir şiiri veya ahenksiz bir müziği dinlememek suretiyle bunların zararlı tesirlerinden ruhumuzu koruyabiliriz, fakat fena mimarın eserinden sakınmak kolay bir iş değildir. Âciz bir muhayyile, fakir bir ruh, yol ortasına dikilmiş taştan koca bir şekle dönünce, bütün bir şehrin manevi sağlığını nesillerce bozmak kudretinde bir tehlike olur. Son senelerin ağlanacak sahte mimarisi yüzünden değil midir ki ruhumuzun estetik kabiliyetine delil aramak için eskilerin eserlerine başvurmaktan başka çare bulamıyoruz.

Kutup Faciası

Haftalardan beri kutup buzlarında kaybolan General Nobile[1] ile arkadaşlarının nihayet kurtarılışı bütün kürenin medeni sakinlerine derin bir nefes aldırdı. Şimdi de Amundsen'in[2] feci akıbeti endişesi yürekleri sıkıyor. Maddi menfaatlerini müdafaada gösterdiği vahşet ve kabalık kabiliyetiyle yaradılışı hakkında akıllıyı bazen ümitsiz bırakan insan, ara sıra gösterdiği bu ulvi dayanışma manzaralarıyla, kurt ve sırtlanın iğrenç cinsinden olmadığını gösteriyor. İlkel hırsların çamurdan tabakası üstünde evrensel bir manevi ve medeni insanlık var. Bunun beyni, sinirleri, kalbi ve damarları birdir. Türk âlemi kutup faciasının haberlerini takip ederken gösterdiği derin alakayla bu geniş kalbin çarpıntısını kendi göğsünün altında da hissettiğini göstermiştir. Büyük kahramanın eli Türk topraklarını çelikten bir hatla çevirirken, manevi Türk âlemini diğer âlemlerden ayıran seddi de yıkmıştır. Bu ulvi yapıcı ve yıkıcının büyük medeni eserlerinden biri de bugün kutup faciası karşısında bütün olarak duyduğumuz heyecan ve üzüntüdür.

General Nobile ve arkadaşları! İnsan saadetinin henüz acı olan balını biraz daha tatlılaştırmak için yeni özler toplamak ümidiyle esrarengiz kuzeye doğru uçan ve kanatla-

1 Umberto Nobile (1885-1978), İtalyan havacı, uçak mühendisi ve kutup kâşifi.

2 Roald Amundsen (1872-1928), Norveçli denizci, Güney Kutbu'na ulaşan ve Kuzeybatı Geçidi'ni aşan ilk kâşif.

rı kırılarak buz kayaları üzerinde uyuşup kalan asil arılar! Çengel parmakları üzerinde mütemadiyen kârını sayıp duran küçük ve çekingen bir insanlığa mensup olmak arını bize unutturan sizin o hesapsız ve delice cesaretinizdir.

Üslup Hakkında Bir Düşünce

Çocukluğumda hayalime gösterdiği yeni bir cihan manzarasıyla kâh beni kendimden geçiren ve hayal içinde bırakan, kâh sinirlerime sevk ettiği titreyişlerin kuvvetiyle gözlerimi zevkten yaşartan bir şiir dergisini geçen gün, senelerden sonra tekrar elime alınca acı bir hayret içinde kaldım:

Kitabın içeriği solan kaptan ve sararan kâğıttan fazla, daha çok fazla eskimiş, yıpranmıştı. Sanki gözle görülmez birtakım manevi güveler eserin ruhani maddesini kemirip toza döndürmüştü.

Şiirin çıkıntılarında göz alan eski aynalar sönmüş, aydınlıkların yandığı noktalarda küçük karanlık çukurlar peyda olmuştu.

Ölüm bilhassa kitabın eskiden en çok yeniliğini yapan kısımlarını vurmuştu: Sıfatlar, teşbihler, istiareler –böcek koleksiyonlarında toplu iğneyle tutturulan ölü kelebekler gibi– sayfaların yüzeyi üzerinde renkli birer naaş halinde duruyordu. Meğer bunlar edebi eserin bozulmaya ve çürümeye en müsait süsleriymiş! Daha dünkü şair üslubuna sürdüğü alacalı renklerle bir hafta içinde soluk bir eski elbise zavallılığına düşerken, sıfatsız, teşbihsiz, istiaresiz Homeros saf bir billur piramidi gibi, hâlâ güneşin ışıklarını güneşe yansıtıp duruyor.

Üstat

Bir cemiyette ahlak ve âdetlerin ne suretle değiştiğini kelimelerin dönüşümünde görmeli. Üstat kelimesinin son senelerde aldığı mana bu itibarla küçük bir tetkike değer.

Eskiden üstat herkesçe onaylanmış ustalıklara verilen büyük bir payenin ismiydi. Üstat dâhiden bir rütbe aşağıdaydı: Üstat Ekrem[1] edebi sıralamada Dâhi-i Azam'ın[2] arkasından gelirdi.

Üstat ustalığın son olgunluk aşamasını ifade ettiğinden yaş, baş, saç ve sakal kavramlarını da ihtiva ederdi. İhtiyarın hürmet gördüğü, sakalın çenede çirkin görünmediği devirlerde üstat kelimesinin de utanılacak bir manası olamazdı.

Son senelerde, maddi hayat zevkinin istilacı bir şekil almasıyla, üstat kelimesinin de yavaş yavaş itibardan düştüğü görülür:

Ak saçlı Anatole France[3] bu kelimeyle kendisine hitap edilmesine hiç tahammül edemezdi. Anatole France'ın kâtipliğini uzun seneler yapmış olan bir yazarın geçenlerde neşrettiği hatırat kitabında üstat hitabı karşısında çok yaşlı ve büyük yazarın zarif hiddetini nakleden satırları okunmaya değer.

---

1 Recaizade Mahmut Ekrem (1847-1914), XIX. yüzyıl Osmanlı edebiyatının önde gelen şair ve yazarlarından.

2 Abdülhak Hamit Tarhan (1852-1937), Tanzimat sonrası ikinci kuşak Osmanlı edebiyatının ve erken Cumhuriyet döneminin en etkin şair ve oyun yazarlarından, politikacı ve diplomat.

3 Anatole France (1844-1924), 1921 yılında Nobel Edebiyat Ödülü'nü alan Fransız yazar.

Bizde bu kelime şimdi yarı yarıya küçümseme ve alayı içeren bir garip şaka sözüdür. Üstat okuyup yazmakla vaktini beyhude geçirmiş bir aptal ve bir bunağın sıfatı şeklinde manidar bir tebessümle söylenir.

Bu kelimenin macerası birçok sosyal kıymetlerin etrafımızda nasıl değiştiğini gösterir.

Esnemek

Dün sabah erken evimden çıktım. Derme çatma bir kır bahçesinde, genç bir dut ağacının gölgesinde oturdum. Bir hafta evvel uzaklardan gelen bir dostun hediye ettiği hakiki bir Havana sigarasını yaktım. Kahvemi içtim. Buğulu bir soğuk su bardağı karşısında, başım her türlü düşünce işinden azade, uzakta tepelerin arasından çizilen denizin koyu lacivert hattına daldım. Birden çenelerim gerildi. Uzun uzun esnedim. Bu rahat esneyiş bana şu tatlı yaz sabahında bir saadet dakikasının sonsuzluğu içinde yüzdüğümün haberini verdi.

Esnemek, muzdarip bir ruh düğümü olan bütün gergin vaziyetlerin çözülüp açılmasıdır. Ruh tahlillerinde eşsiz olan bir filozofun dediği gibi; dikkat, bekleyiş, teyakkuz vaziyetinde, yay gibi gerilmiş duran insan esneyemez. Esnemek, savaş ve müdafaa vaziyetini terk etmiş, tam bir emniyet içinde olduğunu hisseden vücudun mesut teslimiyetidir.

Yeşil yaprakların gölgesinde esnemelerin bütün şekillerini birer birer hatırımdan geçirdim: Uyku dalgasının istilası altında kalan, yemeğini bitirmiş, mahmur gözlü çocuğun esneyişi... Bir yaz bahçesinin yaprak gürültüleri ortasında, hamağında uzanan ve etrafındaki nebati hayata karışmak üzere olan taze kadının esneyişi... Kış gecelerinde lambanın ışığını yuvarlak gözlerinde iki altın damlası halinde yansıtan hayale dalmış kedinin esneyişi...

Bütün mesut esneyişlerin hayalimde geçişini seyrederek tekrar tekrar esnedim ve bu duruş ve teslimiyet dakikamın saadetini olgun bir yaz meyvesi gibi tattım.

Deniz Kıyısında

Güneşin hararetinden kaçanlar deniz sularının serinliğine sığınıyor. Deniz, tehlikeli deniz, uslu bir fil gibi hortumunu toplamış, toprağın çıplak çocuklarını sırtında eğlendiriyor. Kumsallardan birine gittim ve koskoca denizle insan zerrelerinin dostça oynaşmalarını neşe bulmadan seyrettim. Denizin çıplak insana bu aşağılanmış itaati ne gülünçtü! Morfinle sinirleri uyuşturulmuş, uyuklayan ve çoluk ve çocuğa gösterilen kafes aslanı kadar gülünç! Büyük kuvvetlerin itaat halinde görünüşü ruha ne ağır bir eza veriyor! Ölgün yaz denizini seyrederken bu ezayı ruhu pençeleyen bir kuvvetle hissettim.

Denizin bu halsizliği karşısında şehrin beyaz etli, âcizlere acımayan insanı ne cesur ve ne küstahtı! Sarkık etli, iri karınlı kadınlar, saçı dökülmüş erkeklerle bu dişsiz tırnaksız sular içinde boğuşuyor, takla atıyor, batıyor, çıkıyor ve bir aslan leşiyle oynayan sineklerin neşesiyle zıplıyordu.

Muazzam tekneleri hafif oyuncaklar gibi sallayan deniz, hakiki çocuklarına tunçtan daha sert kırmızı bir ruh yoğuran deniz, geniş kollarıyla kıtaları birbirinden ayıran deniz, bin türlü ejderlerin vatanı deniz, kalabalık bir şehrin nevrastenik halkına tehlikesiz bir havuz vazifesini görmeye razı oluşu ne hazindi.

Denizi sevenler, rüzgâr ve fırtına mevsiminin gelişine kadar sahillere hiç uğramamalıdırlar.

Leylek

Senelerden beri leylek görmüyordum. Hatta bu kanatlı yaz seyyahlarının son senelerde İstanbul'a az rağbetleri herkesin dikkatini çekmişti. Sonradan öğrendik ki Mısırlılar bilmem ne sebepten dolayı bu muhterem kuşları arsenikli yemlerle öldürüyorlarmış.

Geçen gün sokakta, gölgeleri mor ve keskin yapan bir Afrika güneşi aydınlığında yürürken, birden damlar tarafından gelen bir leylek gagası takırtısıyla durdum. Senelerden beri hasret kaldığı dost sese kavuşan kulağım adeta mesut ağızların geniş tebessümüyle gerilmişti.

Leylek yaz mevsiminin kuşu değil, bizzat yazdır. Kırmızı gagasının takırtısı sese dönüşmüş bir sıcak temmuzdur. Bir baca üstünden ufka çizilen bir leylek şekli muhayyileye neler hatırlatmaz: Maviliği içi bayıltan sonsuz, derin bir sema... Yeşil bir vadide gizlenmiş minareli, küçük, beyaz bir şehir... Yarasaların uçuştuğu, kavak ağaçlarının hafif hafif sallandığı yeşil bir akşam... Sıcak bir Asya gecesi: Damların yan duvarlarına dayanarak gizli gizli konuşan ve doğacak bakır bir ayı bekleyen siyah zülüflü, kırmızı dudaklı altın ve mercan gerdanlıklı kadınlar... Bütün bu yıldızlar içinde bir leyleğin düşünen gagası...

Hakikaten leylek ressam ve şairi birtakım girift ve ölçülü hayallere davet etmek üzere yaratılmış bir kuştur. İşte onun içindir ki maddeye tapan Mısır köylüsü kendisine yaramayacak kadar güzel olan bu hayvanı öldürmek cesaretini kendinde buluyor.

Müthiş Bir Böcek

Gece, uykumun en derin yerinde keskin bir ısırılışla fırladım. Elektrik düğmesini çevirdim. Karnı patlayacak kadar taze kanla dolu bir tahtakurusu odayı bir anda dolduran göz kamaştırıcı ışık içinde ne yapacağını, nereye gideceğini nasıl saklanacağını bilmeyerek, sırtında koca yükle yakalanmış bir hırsız telaşıyla beyaz örtülerin kıvrımları arasında aptal aptal kaçıyordu.

Küçük böceğe dokunmadım ve çetin talihi, müthiş cesareti hakkında hayretle düşünceye daldım:

Hiç şüphe yok ki aslan bile bu bir kahve damlası kadar küçük hayvandan daha fazla cesur değildir. Tırnakları hançerlerden daha kesici, dişleri en müthiş kılıçlardan daha delici, sesi gök gürlemeleri gibi hava tabakalarını dalgalandıran, kuyruğunun her darbesi yerleri sarsan koca aslan için boş çöllerde ince ayaklı ceylanlar ve âciz öküzler boğazlamak bir iş mi?

Her hayvanın avı kendisinden daha küçük ve daha müdafaasız bir mahlûkken; tahtakurusunun gıdası kendisinden bir milyon defa büyük kuvvetli olan insanın derisi altındadır. Ne ağlanacak talih!

Uzanmış yatan bir adam bir tahtakurusu için nedir? Muhakkak Himalaya silsilesi gibi korkunç bir girinti ve çıkıntı âlemi! Her kımıldanışında bin tahtakurusunu ezip patlatmaya muktedir olan bu müthiş avın burnu ucundaki tatlı kan damlasını emmek için küçük haşerenin silahı nedir? Ezilirken parmağa bulaştırdığı yalnız bir iğrenç koku zerresi! Ne müthiş cesaret!

Gece Gezintisi

Karanlık bir gece, saat ona doğru Haydarpaşa'dan Beykoz'a kadar otomobille bir gezinti yaptınız mı? Yapmadınızsa otomobil zevklerinin en kuvvetlilerinden birini hiç tatmadınız demek!

İhtiyar yalıların arkasında, denizi takiben bütün boğazı kat eden uzun caddenin karanlıkları kadar zengin bir gece karanlığı bilmiyorum. Mercanlar, süngerler, yosunlar ve bin türlü sedefler ve balıkların yaşadığı bir deniz altını andıran zengin bir karanlık! Otomobillerin nadiren geçtiği bu yollarda fenerlerin kuvvetli huzmesi geceyi süpürdükçe, yorgun merkebi yeşil dallarla yüklü çiftçilere, kollarında yiyecek taşıyan gecikmiş amelelere, bir evden diğer bir eve misafir giden, başka bir asırdan kalma küme küme hanımlara, buseleri yarıda kalmış ve yüzlerini dökülen saçları içinde saklamaya çalışan genç âşıklara çarpmamak için adım başında freni sıkmak mecburiyetindesiniz, fakat bu bakir karanlığın en garip yolcuları kedilerdir. Fenerlerin ışık konileri harekete geldikçe, gecenin her noktasında çifte çifte fosforlu noktaların kuvvetle yanıp söndüğünü görürsünüz. Sanki karınlarını ağzına kadar dolduran erimiş bir ateşi gözlerinden yeşil bir parıltı halinde akıtan bu garip mahlûkların arasından geçtikçe, insan mukaddes bir karanlığın mahremiyetini dağıtıyorum vehmiyle adeta günah işlemiş gibi korkuyor. Sanki yere yıkılmış bir sema parçası üzerinde yürüyorsunuz ve sanki bütün bu yanan esrarengiz kedi gözleri bu semanın yere dökülmüş hiddetli, korkunç yıldızlarıdır.

Başparmak

İnsanın en asil organı hangisidir diye sorsalar hepimizin vereceği cevap budur: Beyin! Halbuki beyinden daha yüksek ve hatta insanı diğer yaratıklardan ayıran ve onu bütün hayvanlara nazaran üstün bir mevkie çıkaran beyin değil, sadece elinin başparmağıymış. Başparmağın diğer parmaklarla birleşip iş görebilecek bir vaziyette olmasıdır ki insana nesneler üzerinde üstünlük imkânını veriyor. Bunu söyleyen doğa tarihidir.

Gerçekten birçok hayvanın parmakları yoktur. Parmakları oluşmuş olanlardaysa başparmak insanda olduğu gibi elin diğer parmaklarıyla uyum sağlayamadığından faydalı bir iş görecek vaziyette değildir.

İlk insan zekâsıyla değil, sırf elinin organ haline gelmesi sayesinde taştan bir balta imal etmeyi başararak ağaç dallarını kesmiş ve mağara haricinde, güneş ve sema altında ilk mimari eseri vücuda getirebilmiştir. İnsan medeniyetine başlayan, çekici ve testereyi tutan ilk eldir. Dağda, çölde ve ormanda hayvan olarak kalan mahlûkların hepsi başparmaklarını kullanamadıkları için şehirler kuramamış, evler inşa edememiş ve neticede bir medeniyet kurmayı başaramamıştır.

Başparmak insan medeniyetinin yarısını vücuda getirdikten sonradır ki beyin kemik mahfazasında tabii uykusundan silkinerek konuşmaya başlamış ve belki insan işlerine müdahalesi faydadan ziyade zarar vermiştir.

Aklın başparmağa göre esaret veya galibiyetine bağlı olarak medeniyet ilerlemiş veya gerilemiştir. Bütün taş ve demir sanayisi başparmağın, felsefe ve edebiyat gibi boş hünerler de zekânın eseridir. Ortaçağı akıl, bugünkü Amerika'yı ise başparmak yapmıştır.

Bizde de başparmağın akla ve ukalalığa üstün gelmesini temenni etmek hepimizin kutsal bir vazifesi olmalı.

Keyif Verici Maddeler

Keyif verici maddelerin hiçbir türlüsünü sevmem. Sinirlerim onlarla dostluğa müsait değildir. Bununla birlikte kullanabilenlere gıpta ederim. Sağlığın sade su içmekle muhafaza edilebileceğini söyleyenlerin iddialarını ispat için ileri sürdükleri az çok makul delillere karşılık içki taraftarlarının da kuvvetli müdafaa araçları var. Bunlardan birini dinledim. Söylediklerine hak vermemek bana güç göründü. Diyordu ki:

"Keyif verici maddelerin icadı insan zekâsının büyük zaferlerinden biridir. Geminin keşfine kadar deniz düşman bir unsurdu. Fakat su üzerinde insan iradesine tabi, rüzgâr veya buhar kuvvetiyle hareket eden teknenin keşif tarihinden beri deniz artık bir ilerleme ve medeniyet unsurudur. Böylece her keşif insanlığa zararlı bir unsurun faydalı bir hale getirilişi olmuştur. Alelade gecelerimizi şimdi göz kamaştırıcı bir şenlik haline getiren elektrik ışığı ehlileştirilmiş yıldırımlardan başka nedir?

Bu esası bahsimize uygulayalım:

Neşe ve elem keyif verici maddelerin icadına kadar bize hâkim birer büyük ve ezici kuvvetti. Ruhun bu iki zıt hali esrarengiz bir ayın çekimine göre gelgit yapan bir denizin suları gibi, hiç beklemediğimiz dakikalarda bizi kâh beyaz ve kâh siyah köpükleri içinde bırakırdı. Neşeye hâkim değildik, kederi kendimizden uzaklaştıracak hiçbir kuvvetimiz yoktu. Fakat keyif verici maddelerin icadıyla bu iki unsur birden irademize esir olmuştur. Güneş görmeyen bir meyhanenin kirli bir masası kenarında içilen iki üç kadeh karanlığı aydınlatmaya ve en harap bir bünyeyi gençlik neşesiyle doldurmaya kâfi değil mi?

Meyhane mukassi görünür taşradan amma
Bir başka ferah, başka letafet var içinde[1]

Dünyada iktisadi şartlar değişeli ufku gittikçe kararan ve dalgaları gittikçe kabaran hayat okyanusu üzerinde böyle itaatkâr bir küçük saadet teknesine sahip olmanın zararını bilmem ne suretle açıklamak mümkündür?

Sağlığın fahiş derecede pahalı olduğu bir asırda ucuz bir neşeyi tesellisizlere neden fazla görmeli?"

Muhatabımı haklı buldum.

---

1 Meyhane kasvetli görünür dışarıdan ama / Bir başka ferahlık ve hoşluk var içinde. Nedim (1681-1730).

Ay

Bütün gün kırlarda, deniz kenarlarında dolaştık. Güneş hayale müsaade etmeyecek tarzda her şeyi açık ve berrak gösterdiği için yalnız gözlerimizle yaşadık ve hiç eğlenmedik.

Ağaçların tozlu yapraklarını, kayalar üzerinde durup soluyan kertenkeleleri, denizin kirli suları altında cam kırıklarını, paslı tenekeleri, eski pabuç naaşlarını seyretmenin ne kadar çabuk ruha bitkinlik verdiğini tecrübe etmeyen var mı? Güneşli kırlarda geçen bir gezinti gününden sonra, akşamüstü eve mahzun ve ümitsiz dönmemenin mümkün olmadığını tecrübelerimle bilirim. Güneş bütün gün insana doğru fakat acı şeyler söyleyen bir arkadaştır. Onun ışığında eğlenmenin ve mesut olmanın hiç imkânı var mı?

Nihayet akşam oldu. Karanlık bastı. Karşı karşıya oturmuş iki insan, artık yüzlerimizi görmüyor, yalnız seslerimizi duyuyorduk. Birden arkamızda garip bir fısıltıyı andıran bir hışırtı duyar gibi olduk. Başımızı çevirdik: İki büyük fıstık ağacı arkasından kırmızı bir ay sanki yapraklara sürünerek yükseliyordu. Birden etrafımızda dünyanın bütün manzaraları değişti: Sanki Japonyalı bir ressamın siyah mürekkeple çizdiği belirsiz ve tamamlanmamış bir âlem içindeydik. Artık her şeyi açıklıkla görmek ıstırabından kurtulmuştuk. Yanlış görmek ve hayal etmek imkânının sarhoşluğu vücudumuzu yavaş yavaş bir afyon dumanı gibi uyuşturuyordu. Etrafımızda gündüzün bütün uyuz ağaçları yerine zengin bir orman vücut bulmuştu. Karşıda yemek yiyen fakir ailenin kirli kızları yüzlerine vuran ay ışığı içinde birer mücevherli hayal olmuşlardı. Denizin bulanık suları boşalmış ve onun yerine şimdi sahilin kumları üzerinde ışıktan bir sıvı sallanıp şarkı söylüyordu. Dünyanın güzelliğinden korkmaya başlamıştık. Zira aydan akan büyünün saadetiyle ruhlarımız çatlayacak kadar dolmuştu.

Ay! Ay! Yalancı ay! Zekâdan harap olanları dinlendiren hayal gibi, güneşten bunalanları da teselli eden sensin!

Kış

İki üç günden beri sert bir kış rüzgârı esiyor. Gökyüzü karardı. Yağmurlar dinlenmeden yağıyor. Akşam karanlığında sokak ışıkları kışa mahsus o sıcak ve kırmızı parıltılarını aldılar. Hâsılı insanı düşünmeye, toplanmaya ve kendinden zevk almaya sevk eden ıslak mevsim, şimdi hava ve ışığımıza hâkim bulunuyor.

Bu sene sonbahar İstanbul'da biraz fazla sürdü. Avrupa kıtasına mensup bir şehir için kış mevsiminin bu kadar gecikmesi hiç de hoş görülecek bir şey değildi. Öyle ya, üşümek ve titremekte Paris, Berlin ve Londra'dan geri kalmak ayıp değil mi? Zira medeni bir şehrin kışı bekleyen nice zevkleri var. Kadın kürkleri ve kış tuvaletleri güzel kokan taze tenlere kavuşmak için sabırsızlanıyorlardı, büyük otellerin dans salonlarında cazbant[1] takımları nikelden dolaşık müzik aletlerini ağızlarına almışlar, semadaki görünmez orkestra şefinin işaretini bir an evvel görmek için asabi ve beyaz gözlerle havaya bakıp duruyorlardı.

Gerçi iki üç gün evveline kadar güneşimiz vardı. Fakat ışığı bir gaz tenekesi parıltısını andıran bir güneş! Gerçi havalarımız pardösüyü bile gülünç gösterecek kadar ılıktı, fakat bu ılıklık içinde nezleler, gripler ve bronşitler maske takmış düşmanlar halinde, göze görünmeden alay alay müdafaasız burun deliklerinden âciz ciğerlere rahatça yer-

1 (İng.) jazz band: Caz müziği çalan orkestra.

leşebiliyordu. Gerçi hâlâ yaz meyveleri yiyorduk. Fakat bu meyveler artık zehirlenmişti: Üzümlerin çekirdeği büyümüş, derisi kalınlaşmıştı; kavunlar liflenmiş ve tatları ölü et lezzetini almıştı. Manav dükkânları sergilerinde bir kış semasının sarı güneşleri, ayları ve yıldızları gibi peyda oluveren ayvalar, elmalar ve narların yanında bu mevsimi geçmiş meyvelerin ne acınacak bir hali vardı.

Fakat acınacak, en çok acınacak şimdi ağaçlardır. Ahmak ağaçlar güneşe aldanarak yapraklarını zamanında dökmeyi ihmal ettiler. Şimdi yağmurlar içinde yeşil yapraklarıyla kalan bu zavallılar yaz kıyafetiyle çamurlarda sürüklenen, vaktinde ölmeyi bilmemiş düşkün bedbahtları ne kadar andırıyor!

Garden Bar'da[1] Konuşan İki Adam

— Şu ışıklar içinde görünüp kaybolan kadınlara bak! Ne derilerindeki beyazlık insan derisi beyazlığı, ne gözlerindeki siyahlık insan gözü siyahlığı, ne dudaklarındaki kızıllık insan dudağı kızıllığıdır. Tabiatın eserleri hiç de bu sahne mahlûkları kadar güzel değil! Kırmızı, sarı, yeşil, siyah boyalar renksiz etleri, çipil gözleri, soluk dudakları dönüşüme uğratarak harap organlardan birer gençlik ve güzellik mucizesi vücuda getirmiş. Kim diyor ki kadın şimdi, eskisi gibi yüzünü sıkı örtüler altında saklamıyor? Ya boya örtüleri? Bunların altında hakiki çehreyi hiç görmek mümkün mü? Boyalar olmasa bilmem kadın ne yapardı?

— Kadın ne yapardı bilmem... Fakat boyalar olmasa bilmem ki göz nasıl boyanırdı?

1 1880'de açılan Tepebaşı Gazinosu içinde 1911'de hizmete girdi, aynı bahçedeki Tepebaşı Tiyatrosu'nun komşusuydu. 1914'te yanan ahşap binanın yerine kısa sürede yenisi yapıldı. Garden Bar 1939'da kapandı.

Bir Faziletin Kıymeti

Köpekleri hiç sevmediğimi bilen dostlarımdan bir avcı geçen gün bana yolda rast geldi ve vaktiyle bazı yazılarımda köpekten bahsederken kullandığım lisan dolayısıyla duyduğu eski dargınlığı tazeleyerek beni hayli hırpaladı.

Bu kuduz taşıyıcısı, açgözlü ve pis hayvanın faziletlerine beni inandırmak için neler söyledi!

Ona kısaca şu cevabı verdim:

"Sadakat ve faziletinden yararlananlar bile köpeğin benden fazla dostu değildirler. Bu hayvanın ismi her dilde bir küfür olarak kullanılırken, insanların ona karşı minnet ve muhabbet taşıdığına kimi inandırabilirsiniz? Size tavşan desem, deve desem darılmazsınız, fakat köpek!" Ve ona şu hikâyeyi anlattım:

Kırklareli taraflarında bir çiftlikte misafir idim. Beni Karakaçanlar'da bir öğle yemeğine davet ettiler. Karakaçanlar sürüleriyle dağ dağ dolaşan göçebe çobanlardır. Keçi kılından örülmüş siyah çadırlar altında bir yamyam yemeğini andıran kuzu çevirmesini yedikten sonra etrafı gezmeye çıktık. Dağlı çobanlar, "Size prenslerimizi gösterelim," dediler ve henüz süt emen köpek yavrularını annelerinden ayırıp önümüze getirdiler. Bu yumuk ve zinde hayvanlar karşısında dağlı çobanlar anlattılar:

— Bizim topumuz tüfeğimiz hep köpeklerimizdir. Gece kurda ve hırsıza karşı koyunlarımızı onlar korurlar. Her doğan köpek bizim için yeni kazanılan bir kuvvettir. Artık onlara nasıl baktığımızı anlayabilirsiniz!

— Köpeklerinize ne yedirirsiniz?

— Köpeklerimiz sütten kesildikten sonra ölünceye kadar kuru ekmekten başka hiçbir gıdanın tadını bilmezler. Yalnız bazen bir köpek kuzularla oynaşırken körpe bir kulak dişleri arasında kalır. Bu dakikadan itibaren artık köpek etin ve kanın tadını almış, masum ruhu bir canavar ruhuna dönüşmüştür. Tabii evvela bizim bundan haberimiz olmaz. Fakat her gün sürüden bir koyunun eksildiğini görerek köpeklerimiz içinden birinin azdığını ve kurt olduğunu anlarız. Gözetlemeye başlarız ve nihayet bulunca onu hemen öldürürüz. Zira eti tadan artık kuru ekmeğe dönemez.

Bu hikâyeden sonra ancak mahrumiyet pahasına fazilet sahibi olan böyle bir hayvanın ismini en büyük bir küfür gibi kullanan halk hikmetinin aldanmış olamayacağını anlattım.

Şairleri Okurken

Cenap Şahabettin çocukluğumdan beri sevdiğim bir şairdir. Edebiyata tamamen yabancı bazı münakaşaların gölgesi altında kalan alıştığım çehresi bana son senelerde birden sevimsiz ve yabancı görünmeye başlamıştı. Herkesle beraber ben de bu süslü ve zarif ruhu sahtelikle sakatlanmış ve lisanını fazla yüklü bulmaya başlamıştım. Geçenlerde, tenha bir gece gezintisinde, unutulmuş zannettiğim bazı mısralarının mehtaptan cesaret alan titrek kış kuşları gibi birden hafızamın uzak dalları üzerinde ötüştüklerini duydum. Ruhum titreme içinde kaldı.

Düşmüştü siyeh berk-i şebe şebnem-i simin
Şebnem gibi titrerdi kamer leyl üzerinde[1]

Kullanılan kelimelerin bugünkü düşkün kıymeti haricinde, şiirin anlattığı gece âlemi gözlerimizin alıştığı o eski âlem değildir: "Gece büyük ve siyah bir yapraktır. Ay bu yaprağın üzerinde iri bir şebnem tanesi gibi duruyor." Bu garip ve güzel şiir manzarası eski olmak şöyle dursun, hatta bu sahada henüz varmadığımız bir yenilik ve tazelik merhalesindedir.

---

1 Düşmüştü gecenin siyah yaprağına gümüş şebnem / Şebnem gibi titrerdi ay gecenin üzerinde ("Makdem-i Yar" şiirinden).

Zülfünü bi-nizâm ü bi-pervâ
Dağıtır şâne-i tabiiyyet
Cem eder bâ-kemâl-i istiğnâ
Lemse-i şûh-ı bâd-ı nisviyyet[1]

Bu dört mısraıyla çizilen çehre Fransız ressamı Helleu'nün[2] en zarif kadın başlarını bile geçiyor. Altın saçlar Paris veya Viyana'nın en usta bir berberi makasıyla kesilmiş gibidir. Dağılan saçları toplayan el çağdaş bir zarafetin terbiye ettiği en dişi hareketlerle kımıldanıyor.

Ya kelimeler? Ya bu Farsça ve Arapçanın gülünç bir israfla kullanımı? Bu istenilerek yapılmış bir hünerdir. Zira onun yazdığı senelerde birçok şair sade denilecek bir lisanla yazardı. Esasen bir Türk için Türkçe yazmak kadar kolay ve tabii ne olabilir? Fakat Cenap Şahabettin genç olduğu senelerde Fransa'da gayet itibarda olan Roman Okulu'nun[3] Türkiye'de bir takipçisiydi. Roman Okulu şairleri İngilizlerin "pre-raphaelite"leri[4] gibi yeni mazmunları[5] ortaçağa mahsus kisveler içinde göstermeyi isterler, sözlüğün en unutulmuş kelimelerini zümrüt, yakut, inci ve elmas türünden çok değerli mücevherler gibi yeni bir hayale göre örülmüş altın kafesler üzerine bindirirlerdi. Bunlar eski değil, eskiliği estetik bir endişeyle yenileştiren sanatkârlardır.

Cenap Şahabettin de aynı estetiğe göre, dokusu halis Türkçe olan bir lisan içinde, tınısı garip eski kelimelere kas-

---

1 Zülfünü düzensiz ve pervasız / Dağıtır tabiatın tarağı / Toplar gönül tokluğunun olgunluğuyla / Kadınlık rüzgârının şuh dokunuşu ("Giysu-yi Yar" şiirinden).

2 Paul César Helleu (1859-1927).

3 Yunan asıllı Fransız şair Jean Moréas'nın (1856-1910) Raymond de La Tailhede, Maurice du Plessys, Ernest Raynaud ve Charles Maurras gibi genç şairlerle birlikte 1891'de kurduğu şiir ekolü.

4 John Ruskin'in (1819-1900) düşüncelerinin etkisiyle sanata Raffaello öncesi dönemdeki "saflığını" geri vermek isteyen ve 1848 yılında İngiltere'de Pre Raphaelite Brotherhood adlı topluluk çevresinde bir araya gelen ressam ve yazarlar.

5 Şiirde nükte ve cinaslarla süslenen ve asıl anlamı dolaylı olarak anlatan güzel söz.

ten yer verirdi. Çin ve Japon'dan getirilmiş eski mermerler, billurlar, ipekler ve seccadelerle süslü yeni bir salon ne kadar eskiyse, Cenap'ın şiiri de o kadar eskidir.

Eda ve hayaldeki yapmacığa gelince, bu da yeni şiirin en güzel hususiyetlerinden biridir. Yeni kadın çehreleri gibi! Geçenlerde bir yazarın dediği üzere, şimdi boyanmamış bir kadın yüzü insana bir türlü medeni bir çehre hissini vermiyor.

Bir Fikir ve Bir Münakaşa

Biz de filozofun okuru kaçıran sevimsiz ve anlaşılmaz söyleyişinden bir münasebetle şikâyet etmiştik. Darülfünun profesörlerinden ve büyük Türk düşünürlerinden Mehmet Emin[1] Beyefendi *Hayat* dergisinde bu bahse dair ve bize cevap olarak yazdığı makalede felsefe lisanının sertliğini üsluptan ziyade konunun hususiyetinde aramak lazım geldiğini söylüyordu.

Mehmet Emin Beyefendi'nin görüşleri İbrahim Alaettin'in[2] *Resimli Gazete*'de yayımlanan açıklayıcı bir makalesine konu oluşturdu. Dostumuz, muhterem profesörün bakış açısını çürüterek felsefe lisanımızın, çoğunlukla zekâlardan fışkıran bir karanlığa gömülmüş bulunduğunu ve bunun için böyle açıklıktan mahrum olduğunu izah etti.

Gerçekten fikir meseleleri aracı vazifesi gören zekâlardan geçince açıklıklarının büyük bir kısmını kaybediyorlar. Şu veya bu filozofun açıklayıcılarında bir muamma mahiyetini alan nice fikirler zekâ kaynağının çerçevesinde seyredilince etrafındaki ağaçları, otları, semayı ve bulutları yansıtan lekesiz bir su berraklığında görünürler. Büyük fikir yaratıcıları tamamen anlaşılabilmek için ne teşbihi, ne istiareyi, ne de şiirin diğer hünerlerini küçümsemişlerdir. Esasen şair elinde bütün söz hünerleri fikre belirginlik ve açıklık vermekten

1 Mehmet Emin Erişirgil (1891-1965), felsefeci, eğitimci, yazar ve politikacı.
2 İbrahim Alaettin Gövsa (1889-1949), yazar, şair, eğitimci ve politikacı.

başka ne gayeyi hedef alır? Ciddi görünmek için soluk bir lisanla konuşmanın elzem olduğunu zannetmek, kibrin başlıca belirtilerinden biri ve belki de birincisidir.

Şayet filozofun düşüncesi insan saadetini hedef alıyorsa, bunun karanlık bulutlar içinde böyle kapalı ve mahpus kalması gözetilen gayeyle taban tabana zıt, garip bir netice teşkil etmiyor mu?

Kırk Derece

Tanıdıklarımdan bir zat meyveleri hiç sevmez, zira işitmiş ki pek çok yaz hastalıkları özellikle meyveden gelir. Meyvelere karşı nefreti o kadar büyüktür ki onlardan bahsedilmesine bile tahammül edemez. Hatta en hürmet ettiği bir insanı meyve yerken görse, ona karşı hürmetinin büyük bir ölçüde azalacağını itiraf eder.

Ben onun aksine olarak meyveleri sırf hastalık verdikleri için severim. Bu satırları hafif bir meyve rahatsızlığının tatlı nekaheti sonunda yazıyorum. İki üç fazla armut ve şeftali yemek yüzünden kanımı tutuşturan kırk derecelik bir ateş sayesinde görülmemiş bir âlemde efsanevi bir seyahat yapmış gibi, asabım şimdi hayrete şayan birtakım hatıraların izlenimleriyle doludur.

Ateşin kırk derecesi! Bu Çin, Japon, Amerika ve Afrika'dan ziyade bir insan için görülmesi elzem, meraklı bir cihandır. Yalnız nabzınızı saymak için bileğinizi tutan elin büyümüş kıllarını seyretmek, göğsünüzü dinlemek üzere üzerinize eğilen başın tayfun gürültülerini andıran nefesini işitmek kırk derece ateşin korkunç zevklerini tattırmaya kâfidir. Dalga geçiren esrarkeşin gözü ne görürse, kırk derece ateşle yanan adamın dışa fırlamış gözü de onu görür: Doktorun başı yüzüme yaklaştıkça, kıpkızıl bir çehreye takılmış hortum şeklinde, iri, müthiş bir burnun süngüler gibi dimdik duran kıllarla dolu delikleri, başıma birer siyah külah gibi geçmek tehlikesini gösteriyordu. Bir vehim eseri olduğu bilinen, fakat hakikiymiş gibi insana titreme ve korku veren sıtmanın heyecanlandıran tehlikeleri!

Fakat kırk derecelik ateşin en büyük fazileti hastanın gözüne etrafındaki insanları asıl ruhlarının çehreleriyle göstermesidir. Sanki derisi soyulmuş ve kıpkızıl etleri kanayan, fakat buna rağmen yine kıs kıs gülen dost ve akraba çehreleri!

Ahmet Hikmet[1]

Türk Ocağı'nda aziz hatırası yâd edilen Ahmet Hikmet büyük bir yazar olduğu kadar emsalsiz bir öğretmendi. Galatasaray Lisesi'nde yirmi iki yirmi üç sene evvel onu dinlemiş olanlardan biri olmakla övünürüm. Asil çehresi, mahrem ve ilham veren belagati ona üzerimizde nadir bir nüfuz kudreti vermişti. Nice yüksek kabiliyetleri üzüntüye düşürmüş olan şu konusuz edebiyat dersine kıymet ve mana veren ilk ve son insan benim için Ahmet Hikmet olmuştur.

Ahmet Hikmet'in edebiyat dersleri iddiasızdı. Henüz bıyıkları terlememiş muhataplarına Türkçeyi doğru yazmayı öğretmekten daha yüksek bir gayesi yok gibiydi. Fakat üstadın asıl dersleri basit üslup kaidelerini anlatırken konu dışı olarak söylediği sözlerin içinde gizliydi. O zaman kelimelerin arasından garip bir şafak sökerdi ve ruhlarımızı tatlı bir aydınlığa boğardı.

Bu kıymetsiz satırlara onun parıltısından uzak bir yankı verebilmek ümidiyle, hatırımda kalan fikirlerinden birini hürmetle naklediyorum:

Bir gün bize bilmem neden bahsederken demişti ki: "Fikrin şekilden evvel hazırlandığı hissini veren eserlerde şiir mucizesinin vücut bulmasına imkân yoktur. Ahenk ve kafiyenin tesadüflerinden doğmayan fikirler sanata mal edilemez."

---

1 Ahmet Hikmet Müftüoğlu (1870-1927), yazar ve diplomat.

Senelerden sonra Sorbonne profesörlerinden ve asrın en büyük filozoflarından Chartier'nin[1] bir kitabında teyidini bulduğum bu görünüşte basit fikir, bizde Tevfik Fikret, Fransa'da Sully Prudhomme[2] türünden ahlaki, sosyal ve felsefi şairlerin taşıdıkları koca kanatlara rağmen bir türlü semaya havalanamayışlarının sır ve hikmetini bana daha o zamandan izah etmiş oldu. Bu fikir aynı zamanda bana sanat vadisinde övünmekten iğrenmeyi de öğretti. Alıklığın bulaşmasından ruhu korumak için, hayat beni, şimdiye kadar daha etkili ve daha sağlıklı bir düsturun varlığından haberdar edememiştir.

1 Émile Auguste Chartier (1868-1951), Fransız felsefeci, eğitimci, yazar. Eserlerinde çoğunlukla Alain takma adını kullanmıştır.

2 Sully Prudhomme (1839-1907), 1901'de ilk kez verilen Nobel Edebiyat Ödülü'nü alan Fransız şair ve denemeci.

Yaz Kokusu

Bir yabancı yazara göre devirlerin ve senelerin ayrı ayrı kokuları varmış. Bu gözlemin sağlık ve isabetini anlayacak kadar koku alma duyum maalesef mükemmel değil... Bununla birlikte bu vücudun müsaadesi nispetinde bilirim ki âlemin manzarası renklerden olduğu kadar kokulardan örülmüştür. Köpekler yalnız burunlarıyla etraflarındaki şahıslardan, eşyadan ve hadiselerden haberdar olmuyorlar mı? Köpeklerde ve kargalarda en çok gıpta ettiğim koku alma duyusunun o hayrete şayan kudretidir.

Hatta diyebilirim ki renkler insanı ancak haricî bir marifete ulaştırabilir. Ruha giden yolları havada çizen yalnız kokulardır. Burnu tıkalı bir insan bir kör ve bir sağırdan ziyade hayatın güzel bahçesi ortasına atılmış bir bedbaht ve bir sersemdir.

Eskiden burnum sayesinde dünyanın daha az yabancısı idim. Gerçi senelerin ve devirlerin kokusunu yine bugün gibi seçemezdim. Fakat bu his sayesinde çevreden aldığım zevkin lezzeti daha samimi, daha derin ve daha keskindi. Fakat nezlelerin bin türlü tahribatı ile koku alma duyumun seneden seneye zayıflaması şimdi dünyanın şiir kaynaklarından aldığım saadeti hayli azaltmıştır.

Geçen gün kırlarda, iki bahçe arasında harap bir yoldan geçiyordum. Birden burnum incir yapraklarının kokusunu aldı. Bir mucizeyle birden iki gözü açılmış bir kör gibi bütün duyularımın bir kamaşma içinde kaldığını hissettim. Yaz bir sevgili gibi yüzüme saçlarını yaklaştırmış, ruhuma sarılmıştı.

Senelerden sonra yazın çehresini o gün tekrar görebildim. Yazın mahrem kokusu incir yapraklarının sert, yeşil kokusudur.

Cazibe

Kadınlara erkekleri cezbetmek hünerini öğretmek üzere Amerika'da bir mektep açıldığını bir gazetenin hadiseler sütununda okudum ve hayret ettim. Estetiğin mühim bir meselesi halledilmiş demek! Zira bugüne kadar cinsel cazibe meselesi, büyük bir sır halindeydi. Varlığının ne gibi şartlara bağlı olduğu bilinmiyordu. Eskiden cazip olmak için güzel olmanın kâfi olduğu zannedilirdi. Fakat hayatın her günkü vakaları çirkinliğin bazen öldürücü bir büyüsü olabileceğini gösterince iş büsbütün bir muamma halini almıştır.

Gazetenin verdiği havadise bakılırsa Amerikalılar cazibenin unsurlarını bilmem nasıl bir vasıtayla çözümleyip ayrıştırmışlar ve onu birleştirmesi mümkün bir hale getirmişlerdir. Âlâ! Eğer doğru ise bu harikulade keşfin önemi büyüktür. Zira Lucrèce'in[1] dediği gibi aşk tanrıçası Afrodit varlıklara mutlak surette ve zorbalıkla hâkimdir. Asırlardan sonra Darwin ve Freud Latin şairini teyit etmişlerdir.

Fakat bu keşfe inanmaya imkân yoktur. Bu da Amerikan işi şarlatanlıklardan biri veyahut şu "güzellik kurumu" ismini verdikleri berber veya manikür ilanı olsa gerek! Kadınlar için hakiki cazibenin ezeli düsturu bize göre daima şundan ibaret kalacaktır:

Çok konuşmamak ve yılışmamak.

Nice ilahi başların pembe dudakları her açılışta zihinden inen koca bir ahmaklık öküzüne yol veren bir kapı vazifesini

1 Titus Lucretius Carus (yak. MÖ 94-54), Romalı şair ve filozof.

görür. Bu itibarla bazı kadın başları hakikatte altın, elmas ve yakuttan yapılmış tiksindirici birer alıklık yığınıdır.

Yılışmamaya ve yüz vermemeye gelince: Bunun önemi tasavvur edildiğinden büyüktür. Kadın gözünün karanlık ışınını üzerlerinde bir an durdurmakta başarılı olamayan bedbahtlar, yani çirkinler ve geçkinler kayıtsız şartsız bütün kadınlara toptan âşıktır.

Âşık, yüz bulmayan adamdır.

Bir Seyahatin Notları

Seyahate Çıkan Adamın Duydukları

14 Eylül 1928

Bir şehir caddesi gibi her gün binlerce insanın üzerinde gidip geldiği şu Avrupa yolunda okurlara anlatılacak harikulade şeyler bulmak iddiasında değilim. Öyle olsaydı, şu kötü Avrupa'ya değil, arzın daha bakir bir mıntıkasına gitmenin yolunu araştıracaktım.

Esasen gidilecek yolları evvelden belli, görülecek şeyleri herkesçe malum, çiğnenmiş, özü alınmış, posa haline gelmiş olan bu Avrupa seyahatine niye çıktığımı vapur Galata rıhtımından hareket ederken bile pek iyi bilmiyordum. Durup dururken sevgili âdetlerimden, kitaplarımdan, dostlarımdan, yatağımdan, geceliğimden, terliklerimden ayrılıp, bir deniz seferinin mecburi tanışmalarına, alışılmamış yemeklerine, iç sıkıntılarına, rahatsızlıklarına, endişelerine, bile bile kendini katlandırmak, benim gibi kırk iki yaşının faziletine ermiş olan bezgin ve tembel bir adamın kolay kolay düşeceği bir hata değildi. Bu hatayı biraz başka bir hava almaya ve dinlenmeye ihtiyacım olduğunu zannettiğim için yaptım. Fakat şimdi kendime soruyorum: İnsan hiç hoşlanmadığı şeyleri görmekle dinlenebilir mi? Yabancı havanın solunmasında ne kıymet olabilir?

Vapurda yol arkadaşlarımın büyük bir oranda tüccar ve komisyoncular olacağını rıhtımda uğurlama için biriken kalabalığın ekseriyetle yüzleri keskin renklerle boyanmış, genç, şık Musevi kadınlarından oluşmasından anlamıştım. Geniş kanatlı kartallar gibi dünyanın bütün yolları üzerinde durup dinlenmeksizin cesaretle uçan tüccar cinsinin maalesef iyi seyahat arkadaşı olmadığını tecrübelerimle bilirim.

Bundan başka vapurun Suriye'den sılaya giden birçok hasta, yaralı, kolsuz, topal zabit, zabit karısı ve papazlarla dolu olduğunu ilk bakışta etrafımda dolaşan veya sandalyelere uzanan gamlı malullerin çokluğundan anlamıştım. Bir tüccar ve hasta vapurunun pek neşeli olmayacağını tahmin etmek için fazla zeki olmaya hiç lüzum yoktu. İstanbul'un bu altın rengindeki tatlı sonbahar sabahında Lotus vapuru rıhtımdan ayrılırken içim sebepsiz bir seyahatin pişmanlığıyla şiddetle dargın ve gergindi.

İlk İzlenimden Sonra

Vapura binerken ilk duygularıma dair yazdığım satırları okuyan okur o karanlık fikirlerle mutlaka Çekmece hizasına gelmeden kendimi denize attığıma ve yüze yüze sahile çıktığıma hükmetmiştir. Halbuki bilakis açık hava yorgun sinirlerimin gergin ipleri üzerinde tüneyen kara kuşları kaçırdı ve onların yerine martı gibi beyaz ve hafif birtakım neşe kuşları getirdi.

Bergson'un öğrencisi Profesör Mustafa Şekip Bey'in[1] derslerini veya yayınlarını takip edenler bilirler ki insanın hem bir bilinci, hem de "bilinçaltı" ismini verdikleri gizli bir basireti vardır. Denizin yeşil bir karanlık hüküm süren dibinde biten renkli süngerler ve kıpkızıl mercanlar gibi, ruhun da alt tabakalarında görünmez bir mantığın garip bitkileri dal budak salar. Hareketlerimizin ekserisi işte bu dilsiz zekânın emirleriyle meydana gelir. Bu muhtaç olduğum seyahati bana yaptırmak için bilinçaltım tembel ve ahmak bilincimi topal bir eşeği yürütür gibi, sopayla, tekmeyle harekete getirmişti. Bilinçaltımın zorlama ve baskısından şimdi ne kadar memnunum!

İlk bakışta bana neşesiz insanlar ve malullerle dolu seyyar bir hastane hissini veren gemi birinci yemeğin onuncu lokmasından sonra bilakis gözüme bir cennet gibi görünme-

---

1 Mustafa Şekip Tunç (1886-1958), akademisyen, yazar. Psikoloji ve felsefe alanında çalışmıştır.

ye başladı. Tacirlerin iyi seyahat arkadaşı olmadığını yazmıştım. Büyük bir utançla bu hükmümde ne kadar aldandığımı anlamakta gecikmedim. Etrafımda hastalar, topallar, kolsuzlar görmüştüm, meğer bütün bunlar da yorgun başımın dışarı vuran karanlık hayalleri imiş! Gözüm açılınca her tarafta hoş, terbiyeli insan çehrelerinden başka bir şey göremedim.

Seyahat, hele deniz seyahati ruhun bütün dertlerine devadır.

Yapraklar ve Çiçekler İçinde Bir Şehir

İlk durağımız Napoli şehri oldu.

İklim bölümlendirmesini insanlar yapmıştır. Tabiatın bu varsayımlara fazla kulak astığı şüphelidir. İtalya bir Avrupa memleketidir, malum! Fakat İtalya'nın güneyi, hava, ışık, bitkilerin cinsi, insan tipi itibarıyla kesinlikle Kuzey Afrika'dan sayılmalıdır. Arada deniz olmasa, hiç şüphe yok ki Yunanistan'ın, İtalya'nın, Fransa'nın ve İspanya'nın bütün güney kısımları, Avrupa'nın iklim sınırı haricinde kalırdı. Coğrafya kitaplarının söylemediği bu hususiyeti anlamak için Napoli'de dört beş saatlik bir gezinti yeterli olur.

Bu beyaz İtalyan şehrine bir sonbahar sabahı girdik. Dağları, ovaları saran sayısız bahçelerin yeşilliği içinde yatan Napoli'yle eylül meyvelerinin yaygın kokuları içinde tanıştık. Burada hurma ağaçları kendi vatanlarındadır. Destelenmiş yeşil başları bahçelerin diğer bütün ağaçlarını geçiyor. Yakan bir güneşin etkisiyle portakal ve limon ağaçlarının henüz yemyeşil meyvelerinden dağılan sert ve tatlı bir koku, Afrika sonbaharının diğer yabancı kokularına karışarak neşeli ve şehvani şehre sinirleri gıcıklayan emsalsiz bir hava yapıyor.

Gittiğimiz gün sanki Napoli'de sonbaharın bereketi kutlanıyordu. Bütün evlerin pencereleri ve balkonları liften bağlarla tutturulan yüzlerce kavunla donatılmış, manavların tezgâhları üzerine iri kızılcık biçiminde kıpkırmızı domatesler, görülmemiş irilikte sapsarı biberler, siyah incirler, pembe şeftaliler ve kehribar renginde üzümler yığılmıştı. Üç beygirli yük arabaları kırların binbir mahsulüyle yüklü, ağır ağır şehrin yollarından geçiyor... Siyah saçlı, siyah gözlü, beyaz dişli, esmer tenli yakıcı kızlar yabancı olduğumuzu anlayarak otomobilimizi durdurttular ve bize bahçelerden nar ve incir attılar.

Beş saatlik bir duraklamadan sonra Napoli'den ayrılırken, insan adeta sıla özlemine benzer tuhaf bir acı duyuyor.

Bir Rahibin Nasihati

Vapur her beriki bir limana yaklaşırken, vize işlemlerini kolaylaştırmak için pasaportlar toplanır ve hareketten sonra yine sahiplerine iade edilirdi. Napoli'den ayrıldığımız günün ertesi sabah kahvaltısını yapıyorken metrdotel endişeli bir yüzle yanıma yaklaşarak sordu:

— Pasaportunuzu geri verdiler mi?

— Hayır.

— Tuhaf şey! Gidip bakayım.

Bir müddet sonra tekrar yanıma gelerek:

— Bulamadım, sakın başka yolcularınkine karışmış olmasın. Bir de böyle arayalım, dedi.

Yabancı memleketlerde seyahat eden adam üzerinde aynı önemde üç şey taşır: Canı, kesesi ve pasaportu.

Bunlar yekdiğerinden asla önce gelemez. Herhangi bir sıra takip etmeksizin bu üç kelimeyi kâğıt üzerinde yan yana getirmek mümkün olmadığından, sırf kalemin tesadüfüne uyarak evvela "can" yazmış bulundum. Yoksa mantık ve hakikat zerre kadar tahrif edilmeden, pekâlâ "kese" veyahut "pasaport" kelimeleri başa getirilebilirdi.

Metrdotel uzaklaştıktan sonra işin vahameti uğursuz bir şimşek çakıntısı halinde bilincimin bütün çarklarını mavi bir ışıkla aydınlattı: Pasaportunu yol ortasında kaybeden adamın başına acaba neler gelebilir? Yanımda rahatça çayını içen Beyrut Fransız Tıp Fakültesi reisi kolsuz rahibe sordum:

— Ne dediğini işittiniz mi? Pasaportumu kaybetmişler. Bulunmazsa acaba ne olabilir?

Çok okumuş insanın en garip bir numunesi olan ve Anatole France'ın hikâyelerinden birindeki simyageri hatırlatan bu rahip, elektrikle yüklü bir batarya gibi, kesintisiz bir fikir akışının kıvılcımlarını mütemadiyen etrafına dağıtır. Tam bir ciddiyetle cevap verdi:

— Ne mi olacak? Vahim! Vahim! Sizi alacaklar, kollarınızı bağlayacaklar, hapse tıkacaklar, siyah ve ıslak bir zindanda aylarca bekletecekler ve nihayet bir direğe bağlayıp sizi kurşuna dizecekler!

Hayretle dinliyordum.

— Evet, böyle en korkunç akıbetleri hatırınıza getiriniz ki pasaportunu kaybeden adamın ne hapse tıkıldığını, ne de kurşuna dizildiğini görmek memnuniyetini duyabilesiniz. Ben Dünya Savaşı'nda askerdim. Sol kolumu Verdun Muharebesi'nde kaybettim. Ordudayken ben ve arkadaşlarım her sabah başlayan gün için en karanlık ihtimallerden örülmüş korkunç bir program tasavvur ederdik ve her akşam kendimizi yaralanmamış, ölmemiş, hâlâ yaşıyor ve hâlâ nefes alıyor görmekle ucuza mal olan bir saadetin bütün zevklerini tadardık. Size bu sözlerimle bir iyimserlik ve saadet düsturu vermiş oluyorum. Hayatınızda bundan daima istifade etmeye çalışınız.

Paris'e girerken, otomobilde birinci seyahatini yapan yol arkadaşıma sordum:

— Paris'i nasıl buluyorsun?

— Fena! Çirkin! Dönmek mümkün olsa şimdi döneceğim. Hiç düşündüğüme benzemiyor!

Beklediğim bu cevap bana kolsuz rahibin vapurdaki makul sözlerini hatırlatmıştı. Yol arkadaşım hayalen Paris'ten mümkün olanlar haricinde birçok olmayacak şeyler beklemişti. Mükâfatı da Paris'e ilk defa girenlerin pek iyi aşinası olduğu o geçici tatsızlık dakikası olmuştu.

Paris Sabahı

Caddelerinde kimsenin hayretini uyandırmaksızın, kendi memleketlerindeymiş gibi, rahat rahat, salına salına dolaşan, sarı pabuçlu ve bornozlu Afrikalılar, altın dişli ve gözlüklü siyahiler, entarili Çinliler, şalvarlı Siyamlılar, Kürtler, Rumlar ve Ermenilerden ziyade bilhassa ufak yapılı, siyah gözlü, siyah saçlı dikkate değer derecede güzel yerli kadınlarıyla yolcu üzerinde derin bir izlenim bırakan renkli ve gürültülü Marsilya'da yirmi saat durduk. Bu müddet zarfında Cook Ajansı'nın otokarıyla, bir yığın İngiliz ve Amerikalı seyyahla birlikte şehrin görülmesi âdet olan yerlerini ve abidelerini gördük. İkinci gün akşam saat 19:48'de Paris'e hareket eden eksprese bindik. Bizde ekspres denince hatıra bir tek tren gelir. Hayır! Marsilya'dan Paris'e günde dört ekspres gider ve her ekspresin gidiş saatinde beşer dakika arayla üç ve lüzumuna göre daha fazla tren hareket ettirilir. Ben ve dostlarım bin zahmetle ancak üçüncü tren için bilet alabildik. Paris ışıktan hortumlarıyla dünyanın dört tarafından kendisine doğru hipnotizma edilmiş sayısız insan sürüleri çekiyor. Bunları taşımaya hangi taşıma aracı yeterli olabilir?

Gece tren güneyden kuzeye geçerken, birden değişen iklim ve düşen sıcaklık derecesi bizi, yani doğudan gelenleri harap etti. Ilık bir yaz akşamı Marsilya'dan trene binmişken, gece yarısı ansızın kompartımanı istila eden buz gibi soğuk bir kış gecesinin dişleri bizi her tarafımızdan ısırmaya başladı. Telaşla çantalarımızı indirdik, kış paltolarımızı çıkardık ve yakalarımızı kaldırıp çenelerimiz titreyerek hasta horozlar gibi birer köşeye büzüldük. Sabah sisler içinde, müthiş bir baş ağrısı, keskin bir nezle ve adeta kapana tutulmuş bir hayvanın gizli hiddetiyle mahmur Paris'e girdik.

Hayvanlar Arasında

Paris'in büyük hayat sıtmasına tutulduktan sonra yapmaya hiç vakit bulamayacağım bir ziyarete ilk günümü ayırmayı uygun buldum. İndiğim otelden pek uzak olmayan doğa tarihi bahçesindeki hayvanları görmek istiyordum. Trenin yorgunluğunu sıcak bir banyo ve iyi bir kahvaltıyla geçirdikten sonra o tarafın yolunu tuttum.

Eylül sonunun bu kapanık ve serin gününde bahçenin bütün ağaçları durgun ve karanlık... Havuzların suları bulutlu semanın yansımalarıyla kirli bir katran renginde... Neşesiz fıskiyeler havada tutunamıyor... Derinden derine perişan feryatları, bin tempoda hayvan bağırmaları işitiliyor... İnsan daha kapıdan girerken bir gurbet ve ıstırap bahçesinin eşiğine ayak bastığını anlıyor.

Evvela kuşların bulunduğu tarafa saptım. Birer büyük oda genişliğindeki kafeslerinde Hindiçin'den getirilmiş leylek biçiminde birtakım tüyleri dökük kuşlar boyunlarını çekmiş, nihayetsiz bir hüzün içinde düşünüp durmakta. Bu bedbahtların kafesi yanında, açık bir saha üzerinde dikili kazıkların ucundaki halkalara tünemiş renkli papağanlar kafeslerde mahpus hasretli kuşların havaya dağıttığı anlatılmaz elemi bir dereceye kadar değiştiriyor. Daha biraz ötede başka bir büyük kafesi dolduran ufak Senegal kuşları renkli tüyleriyle bir sonbahar bahçesinin keskin çiçeklerini andırıyor. Bu masum mahlûklar bulutlu havayı bir akşam başlangıcı zannederek dalları üzerinde sıralanıp uyumaya hazırlanıyorlar. Daha ötede, yine büyük bir kafeste hasta ve dargın akbabalar var. Hepsi de yüzlerini duvara çevirmiş uyuyor gibi duruyor. Yusuf Ziya[1] Paris hayvanat bahçesinde akbabanın çirkin ve gamlı başını görseydi, neşeli gazetesine onun ismini vermeye mümkün değil razı olmazdı.

Maymunlar tarafına geçtim:

İki genç şempanze hapishanelerinin demir parmaklıkları arkasında birbirine sarılmış, ağlayan ve hıçkıran felaketzedelerin sallanışıyla mütemadiyen sallanıyor. Ne hazin şey!

Kafesinde tek başına yaşayan bir goril –biraz açılmak ve ısınmak için olacak– ikide bir tavandan sarkan trapeze takılarak birkaç jimnastik hareketi yaptıktan sonra tekrar büzüldüğü köşeye dönüyor. Hele diğer kafeste bir Cezayir maymunu ailesinin hatırası yüreğimde daima kanayan bir yara halinde kalacak: Anne bir aylık yavrusunu bağrı üzerinde sıkmış ısıtmaya çalışıyor ve dalgın, boş, ümitsiz gözlerle bu esmer ve yabancı semaya bakıp düşünüyor.

Ne talihsiz bir anne çehresi!

Üzüntüm tahammül kabiliyetimi geçmişti. Artık kafeslerin önünde çok durmadan geçiyordum: İşte sürekli bir dil hareketiyle hapishanelerinin demir çubuklarını aşındırmaya çalışan aptal ayılar... İşte öfke ve gazaptan kendi etine dişini geçirmeye çalışan hiddetli bir pars... İşte serbest olsa bir hamlede kan ve kemik yığınına döndürebileceği gülünç bir seyirci kalabalığına esir çehresini göstermemek için ısrarla duvar tarafına bakan mağrur bir Bengal kaplanı.

İşte dalgın aslanlar. İşte iğrenç sırtlanlar, işte kafeslerinde durup dinlenmeksizin dönen tesellisiz kurtlar!

Yılanları ve timsahları da derin uykularında seyrettikten sonra bahçenin Seine Nehri tarafına açılan kapısından çıkmadan evvel heykeltıraş Frémiet'nin[2] bir ayı yavrusu avcısıyla iri bir ayı annesinin kanlı kucaklaşmasını temsil eden tuncu önünde durdum. Esir ve gurbetzede hayvanların şifasız ıstırabından akan zehirle dolan ruhum, serbest canavarın zalim insan üzerindeki zaferini gösteren bu trajik şaheseri seyretmekle bir parça ferahladı.

---

1 Yusuf Ziya Ortaç (1895-1967), şair, yazar, yayımcı, öğretmen ve siyasetçi. Orhan Seyfi Orhon'la birlikte 1922'de kurduğu *Akbaba* adlı mizah dergisi kesintilerle de olsa 1977'ye dek yayımlanmıştır.

2 Emmanuel Frémiet (1824-1910), Fransız heykeltıraş.

Paris

Seyahate çıkan bir dostunuzun size her vardığı yerden düzenli olarak mektup, kart yazarken birdenbire susması ya öldüğüne veyahut Paris'e vardığına delalettir. Paris'in havasına giren adam mektup yazmak için artık vakit bulamaz, böyle şeylerle meşgul olmayı hiç düşünemez.

Baştan başa mamur, sekiz on katlı, bir hiza üzerine dizilmiş, asil taşları, hava tortularıyla simsiyah, aynı mimaride koskoca apartmanlar... Sultanahmet Meydanı genişliğinde, asfalt veya tahta ve nadiren granit döşeli, şehrin her istikametine uzanan, ağaçlı ağaçsız, sonu gelmez caddeler... Akla şaşkınlık veren mağazalar, kahveler, barlar, tiyatrolar, müzeler, bahçeler, parklar, heykeller, abideler, taklar... Okları siyah bulutları delen, mermerleri dantela haline getirilmiş asırlık tarihî kiliseler.

Burada adım başına Hamit'in Londra'yı tarif eden o meşhur mısraları hatıra geliyor:

Darü't-talimler, rasadgehler,
Sonra birçok meâsir-i dâniş[1]

Gecenin karanlıkları iner inmez baştan başa sarı, kırmızı, lacivert ışıklardan yapma ışıklı bir mimariye dönüşen bu çerçeve içinde, günün hemen her saatinde caddeleri doldu-

---

1 Eğitim yuvaları, rasathaneler, / Sonra birçok bilimsel güzel eser.

ran temiz, güzel, terbiyeli, endişesiz, karıncalar gibi faal bir insan kalabalığı... Bu kalabalıkta ismi bütün dünyaca tanınmış âlimler, şairler, yazarlar, sanatkârlar, fahişeler, iş kadınları, her yaşta öğrenci ve her iklimden gelmiş binbir insan numunesi var. Bunlar büyük bir meşale etrafına üşüşmüş vızıltılı gece böcekleri gibi Paris caddelerini muhtelif dillerinin gürültüsüyle doldururlar. Hiç kimse de yabancı çekingenliği yok. Fransızlardan başka burada herkes, memleketin hakiki sahibiymiş gibi tuhaf bir şımarıklıkla dolaşıyor. Sanki burası Hintli için Benares,[1] Çinli için Pekin, zenci için de Timbuktu'dur.[2]

Paris'in genel sokak çehresini tamamen çizmiş olmak için rengârenk insan gelgitine yayanın hayat hakkına hürmetkâr, binbir istikamette uçup giden yüz binlerce taksinin, tramvayın, otobüsün, kamyonun ve bisikletin şimşeklerini de ilave etmek lazım.

Fakat Paris bundan ibaret mi? Hayır. Zira bu aynı cümlelerle, hatta kelime değiştirmeksizin, bütün yeni Avrupa medeniyet merkezlerini, Berlin'i, Londra'yı, Viyana'yı, Stokholm'ü, Brüksel'i de anlatmak mümkün. Hayır, Paris bundan ibaret değil. Bu dakikada sonbaharın altın yapraklarına bürünmeye başlayan, seması bakır renginde bulutlarla yüklü Paris'in hakiki sokak ruhu kalabalık, evler, mağazalar, ağaçlar, otomobiller değil, fakat o sade giyinmiş, o eşsiz Paris kadınının bütün müziklerden daha güzel olan cıvıltısı ve onun etrafa sihirli bir akım gibi dağıttığı pudra ve lavanta kokularıyla dolan, o anlatılmaz, o hafif, o cana yakın, o sarhoşlatıcı tatlı havadır!

---

1 Varanasi, Hindistan'ın Uttar Pradeş eyaletinde yer alan bir şehir.
2 Bugün Mali sınırları içinde yer alan antik bir şehir.

Paris Kadını

Şöhreti dünyayı tutan Paris kadını nadiren güzeldir. Paris caddelerinde tesadüf edilen güzel kadınlar ekseriyetle ya güneyli veyahut yabancıdır. Fakat estetik esaslara uygun bir güzelliğe sahip olmayan Parisli kadınlar istisnasız sevimlidirler. Mide bulandırıcı çirkinliğe burada hiç tesadüf etmedim.

Gayet sade giyinen, hatta kıyafetçe ilkel bir şekil arz eden, bu ekseriyetle henüz saçlarını kestirmeyen kadının bütün tehlikeli cazibesi vakarından, saflığından, konuşmasından ve bilhassa o anlatılmaz işve ve edasından geliyor. Bunlar bütün dünyanın en güzel kadınlarına Parisli kadının cesaretle meydan okuyabilmesi için kâfidir.

Paris'in en büyük moda atölyelerinde bizzat Fransız kadınının parmakları ve iğnesiyle vücut bulan o çok değerli çeşit çeşit elbise hemen hemen sadece yabancılar için yapılır. Fransız kadını dünyanın diğer kadınlarını sırma ve ipekten örülmüş en sihirli kıyafetlere soktuktan sonra onları sırtüstü getirir. Bir aşk dakikasının lezzetine ebediyet verecek kudrete sahip olmayanlar süsten medet ummakta belki çok haklıdırlar. Fakat ipekler ve boyalar ruhun eksikliklerini bilmem ki nasıl telafi edebilir?

Yabancıya merhametinin kapılarını güç aralayan Fransız cemiyeti hakkında bir yabancının, kısa bir gözlem neticesinde, genel bir hüküm yürütmeye kalkışması küstahlıktır. Bundan dolayı bütün bu satırlarda anlatılan yüzeysel hayatın, bir sokak görüşü olmaktan fazla bir iddiası olmadığını söylemek lazım. Yalnız Paris'te kayıtlı fahişe adedinin dört yüz bin olduğunu bir resmî makamdan öğrenmiştim. Fakat buna gizli fuhşun belki dört yüz binden bile fazla olan rakamı ilave edilirse, caddelerde, halka açık bahçelerde, otellerde, dansinglerde aşk avcıları için ne kolay bir faaliyet sahası mevcut olduğu hakkında yaklaşık bir fikir edinilebilir. Fakat her gün bir kapısından altı yüz bin yabancı çıkarken, diğer kapısından bir o kadar yabancı giren, nüfusu dört milyona erişen muazzam bir medeniyet merkezi için bu serbest kadın adedi hiç de fazla değildir. Fakat iyi bilmeli ki bu fuhuş ve eğlence âlemi hiç de asıl Paris değildir. Zira Montmartre Mahallesi bütün Fransa'nın küçük bir modeli sayılsa, o zaman üniversiteler, akademiler, enstitüler, hastaneler, fabrikalar, âlimler ve sanatkârlar Fransası tamamen izah etmesi mümkün olmayan bir hale gelir. Dün hakiki bir Fransız ailesinin sofrasında öğle yemeğine davetliydim. Ruhum kutsal bir günlük kokusuna benzer heyecan verici bir namus ve iffet ıtırıyla hâlâ doludur. O sofrada bir Türk ailesinin temizlik ve mahremiyetini mütemadiyen hatırladım.

Yabancıya etini satan Paris'in sokak kadını yakından tetkik edilse, ruhen bir aile kadınından farklı olmadığı görülür. Bir gece Montparnasse'da süslü bir bar, kibar bir kadın ve eğlence yeri olan Coupolle[1] kahvesinde bir arkadaşla beraber otururken yanımızda gazetesini okuyan genç bir kadınla tesadüfen ahbap olduk ve beş dakika içinde eski ahbaplar gibi konuşmaya koyulduk. Arkadaşım sözün gelişiyle Fransız kadınının maddiyatçılığından ve paraya düşkünlüğünden üzüntüyle bahsetti ve ahlaki görüşlerden örülmüş keskin bir nutuk çekti. Genç kadın kayıtsız gözlerle bu uzun ve Asya'ya özgü hitabeyi dinledikten sonra pembe dudaklarıyla şu kısa ve makul cevabı verdi:

— Ne için parayı kazanmak istememeli? İnsan parasız ve fakir olduktan sonra...

1 1927'de Montparnasse'ta açılan La Coupolle sanatçıların sık uğradığı bir kahve ve lokantadır.

Gerçekten düşen Fransız kadını yalnız fakir, safdil ve talihsiz olanların sınıfındandır. Fakat bunların ruhu kirli etleri içinde ışığı sönmeyen bir mücevher gibidir. Fransız kadını ruhunu cisminden ayırmayı biliyor. Bu büyük bir hüner ve kâfi bir fazilettir.

Neşesiz Paris

Her bir taşı binbir çeşit sanatkâr eliyle kutsal bir mahiyet almış ve bir gün yer altına geçse, eski Yunan medeniyeti yıkıntılarından bin kere daha çok değerli bir harabe âlemi bırakacak olan Paris şehri içinde şimdi eski neşesini kısmen kaybetmiş, alnı hafifçe kırışık bir halk yaşıyor. Bunu görmek ve hissetmek için hiç de fazla dikkatli olmaya gerek yok.

Bir Amerikalı yazar *New York Herald* gazetesinde Paris'in bu göze çarpan somurtkanlığı hakkında zalimce bir makale yayımlamıştı. Bütün Paris basınının karşılık verdiği bu yazıda özetle deniliyordu ki, "Bütün yerlileri siyahlar giyinen bu şehirde renkli elbiseleriyle esmer havaya cazibe dağıtan yalnız yabancılardır. Paris'i dolduran yüz binlerce yabancının başlıca eğlencesi şundan ibarettir: Yarısı kahve önlerindeki iskemlelerde oturur, diğer yarısı da caddede yürüyerek oturanları seyretmekle vakit geçirir. İşte Paris bulvarlarının bugünkü tatsız manzarası!"

Dün akşam soframızda misafir olan genç bir Parisli kadına Amerikalı yazarın Paris hakkındaki bu tür gözlemlerinden bazılarını naklettim. Gururunun bütün altın tüyleri kabardı ve alayın en keskini ve en zekisiyle şu cevabı verdi:

— Amerikalı denilen mahlûk insana en yakın olan hayvandır. Parislinin yüzündeki neşe alametlerini seçmek kabiliyetini ondan istemek fazla insafsızlık olmaz mı? Biz savaşın en çetin senelerinde bile Paris'i tebessümsüz bırakmadık. Şimdi durup dururken neden neşesiz olalım? Eğlenmesini, gülmesini bilmeyene biz ne yapabiliriz?

Bu belki böyle olmakla beraber hakikaten bugünkü eğlence Paris'i artık o eski delişmen Paris değildir, bunu ışıklı şehrin eski halini bilenlerin hepsi söylüyor.

Clichy ve Pigalle meydanlarının havasında her gece lacivert alevler ve kırmızı ateşlerle yazılan ışık cümleleri şimdi beyhude yere elektrik akımlarını yutup duruyor. Montmartre'ın yerine geçtiği söylenen Montparnasse'ın bütün zevk humması birkaç büyük Amerikan işi barın süslü camlarından öteye geçemiyor. Bu acayip durgunluğu tanıştığım Parisliler bana muhtelif tarzlarda izah ettiler. Kibar Passy semtinde, bir aile salonunda bir genç kadın şöyle anlattı:

— Hayat pahalılaştı, kazanmak da o nispette güçleşti. Onun için Paris'in birçok aileleri artık çıkamıyor, gezemiyor, eğlenemiyor ve kendi aralarında toplanmaya mecbur kalıyor. Paris yabancılar için kurulmuş bir panayır değildir. Paris'in neşesini yapan yine bizzat Parislilerdir. Onlar ortadan çekilince, tabii böyle durgun bir şehir ortaya çıkar.

Bir Fransız yazarına göre:

— Paris şehri frankın düşkünlüğü sırasında yalnız eğlenmek için gelen yabancıların bazen ne adi ve ne kaba birer mahlûk olabileceklerini gözüyle gördü ve onlardan iğrendi. Servetlerini avuçları içinde bir günde havaya dönüşmüş görmekten mahzun Fransızlar, kendileri aç ve ümitsizken, yüksek kambiyolu yabancıların Paris sokaklarında yaptığı rezaletlere şahit olarak ruhlarının bütün o eski saflığını kaybettiler. Şimdi Parislinin meteklere[1] karşı içi nefret ve küçümsemeyle doludur. İşte onun içindir ki Paris'e eğlenmeye gelen yabancı artık kendisiyle yerli arasında eskisi gibi bir neşe ortaklığı bulamıyor.

Sebepler her ne olursa olsun, Paris gerçekten de şimdi biraz neşesiz bir şehirdir.

---

1 (Yun.) metoikos: Antik Yunan şehir devletlerinde yaşayan yabancılara verilen ad. Şehir vatandaşı sayılmayan bu kişiler ticaret yapmak ve çalışma için ek vergi ödüyorlardı.

Sebze Yiyicilerle

Avrupa yoluna çıktığım günden beri sebzeye hasret kalmıştım. Vapurdan itibaren gıdamız muhtelif kara ve deniz hayvanları etleriyle ve içki olarak şarapla sınırlı kalmıştı. Yalnız Fransa toprağı üzerinde yaşayanların boğazından her gün biftek, rumstek, rozbif, şatobiryan şeklinde muazzam bir dana, öküz, domuz, keçi, at ve eşek sürüsü geçer ve Seine Nehri genişliğinde de bir şarap nehri bu sürüyü aynı yoldan takip eder.

Gerçi bu beslenme tarzı beni, senelerden beri bilmediğim bir sindirim sistemi sağlığına mazhar etmişti. Fakat buna karşılık cismimde ruhumun tüylü, dişli ve tırnaklı bir mahlûka dönüştüğünü hissetmek sıkıntısıyla rahatsız olmaya başlamıştım.

Bir gün otelde tanıştığım bir İngiliz'le birlikte nadir bir kitabı araştırmanın peşinde Saint-Germaine Bulvarı'nın eski kitap satıcılarına mesken olan yan sokaklarından birine saparken camekânına yemek listesini asan "Büyük Güneş" isimli bir lokanta arkadaşımın dikkatini çekti. Durduk ve listeye göz gezdirdik. Tuhaf şey! Bu listede hiçbir et ismi geçmiyordu. Hayal etiğim sebze cennetini nihayet bulmuştum.

Arkadaşım alaycı bir şekilde bana veda edip gitti. Bense sevinçle sebzehorlar lokantasına girdim. Kalabalık içinden zahmetle boş bir masa bularak oturdum. Kendini hayli beklettikten sonra nihayet garson yanıma geldi. Bana garip bir edayla gizlice sordu:

— Lokantamızın ne olduğunu biliyor musunuz?

— Evet.

— O halde yemeklerinizi ısmarlayınız.

Hiçbir canlı mahlûkun hayatına mal olmayan ve mayalanmış hiçbir maddenin karışmadığı yemeklerden beğendiklerimi söyledim.

Bu sebze ve su cennetinin sakinleri ekseriyetle terütaze, sağlıklı genç kızlar ve hiçbir hastalığın alametlerini taşımayan genç adamlardı. Yalnız iç salonlarda müneccim veya sihirbaz veyahut sanatkâra benzeyen, saçlı sakallı, temiz fakat acayip kılıklı birtakım müşteriler vardı. Belliydi ki bütün bunlar doktor tavsiyesiyle bitkisel bir rejim takibi için değil, sırf bir prensibin sevkiyle burada toplanmışlardı.

İçinde bir ibadethane sükûn ve edebinin hüküm sürdüğü bu lokantaya üç gün devam ettikten sonra vücudumun yavaş yavaş bir masum çocuk vücuduna döndüğünü ve ruhumun artık zehirli mayalı içkilere sahne olmamaya başladığını zevkle hissettim. Dünyanın manzarası gözümde değişmeye başladı: Bütün istilacı Avrupa halkı bana masum sebzehor milletlere musallat olmuş, kanlı ve uzun dişli bir canavar sürüsü şeklinde görünmeye başlamıştı. Sömürge siyasetini et aramak hırsıyla izah etmeye başlıyordum. Fakat kendi kendime şunu da itiraf ediyordum ki bütün verimli hayat hırslarının harekete geçiricisi ettir ve hareketi ağır sebze yiyiciler etle beslenmeye alışıncaya kadar pençeli hayvanların âciz bir avı olmaya mahkûmdur.

Siegfried

Savaş ve zafer kolay bir iş değildir, Dünya Savaşı bunu bütün kavgacı milletlere öğretti. Şimdi Fransız toprağı üzerinde ölüm hayaletleri gibi dolaşan binlerce siyahlar giyinmiş matemzede kadın, adım başına rast gelinen kör, topal, kolsuz, kulaksız, burunsuz savaş malulleri, yarım saat içinde enkaz yığınları haline gelen bayındır yerler, bilhassa ateşkesten sonra Fransız servetini küle döndüren o müthiş para buhranı muharebenin bir golf partisi kadar basit veya savaş isteyen şiirin teşbih ve istiareleri gibi parlak bir şey olmadığını ailesine bağlı ve parasını sever Fransız'a iyice öğretti. Gerçi devlere yakışan bir gayretle bütün harabeler az zamanda ayaklandırıldı, frankın tekerlenmesi durduruldu, banka kasaları altınla ağızlarına kadar dolduruldular, fakat felaketin ne pahaya tamir edilebileceğini tecrübeyle öğrenenler bu suretle trajik oyuna tekrar başlamayı arzu ettirmeyen bir rüşte ermiş oldular. Bu savaş sonu ruh hali birçok Fransız, Alman düşünür ve yazarını karşılıklı anlaşma için bir zemin hazırlamayı düşünmeye sevk etmiştir. Yeni Fransız edebiyatının en güzel çehrelerinden biri olan ve evvelce mensup olduğu aşırı sanat akımlarından makul ve yeni bir estetiğe gelen Giraudoux'nun[1] dört beş aydan beri aralıksız Paris'te, Comedie de Champs-Elysee'de[2] ve aynı zamanda Berlin'de oynanan *Sie-*

1 Hippolyte Jean Giraudoux (1882-1944), Fransız romancı, denemeci, diplomat ve oyun yazarı.

2 1913'te açılan Theater des Champs-Élysées içindeki üç sahneden biri.

gfried isimli nefis piyesi bu olgunluk edebiyatının en dikkate değer numunelerinden biridir.

Piyesin ekseni bu mucizevi dönüşümdür. Yazara göre bir Fransız'la bir Alman'ı yekdiğerinden ayıran beden ayrılığı değil, sadece zihinlerde birikmiş hatıraların mahiyet farkıdır. Herhangi bir sebeple bu hatıralar unutulunca birbirinden nefret eden iki kimlik yekdiğerine çevrilebilir bir hale gelebilir.

Alman filozofu Nietzsche de Giraudoux gibi düşünmüyor muydu? Bu filozofa göre milletleri birbirine düşman yapan yegâne kuvvet tarihtir. Geniş bir insani anlaşmaya vücut verebilmek için yapılacak ilk iş tarih öğretiminin elbirliğiyle ortadan kaldırılmasıdır.

Bir Akşam Sohbeti

Montparnasse'ta, küçük Rus lokantası Cigit'te toplandık. Bizi davet eden hanımefendi, onun ahbabı genç bir Avusturyalı kadın, sanat akımlarını yakından takip eden iki Fransız genci: Doktor Lacan, Vikont de Santak, ben.

Cigit, düşkün Rus asilzadelerinin bütün büyük şehirlerde açtığı malum müzikli, içkili lokantalardan biridir. Duvarlar Rusların pek sevdiği *Binbir Gece Masalları* sahnelerini gösteren renkli resimlerle sıvanmış, beyazlıkları şüpheli örtüler altında saklanan küçük masalar üzerinde kırmızı abajurlu lambalar yanıyor. Alttan gelen bu kırmızı ışıkla bütün lokantayı dolduranların çehreleri yukarı doğru uzanmış, sanki dünyaya yabancı, esrarengiz bir âlem köşesi. Kalabalık içinde güçlükle boş bir masa bulabildik. Deli veya dahi türünden birtakım insanların toplandığı bu köşede bütün tuhaflıkların asil bir cazibesi var. Tam fikir ve sanat sohbetlerine yakışan bir çerçeve içindeyiz.

Yemek sırasında Doktor Lacan'a sordum:

— Edebiyatınız ne halde? Son manzarası nedir?

— Edebiyatımızın bugünkü timsali düz bir çizgi değil, bir ağaçtır. Kütüğün ekseni etrafında muhtelif sanat akımları ayrı dallar şeklinde her istikamete doğru uzanmış, hava ve ışığı aynı zamanda emip duruyor. Şahsiyete azami hürriyeti tanıyan bir devre yakışan da bu değil midir?

— Bu dalların isimleri?

— Saymakla tükenmez ki, başlıcaları kübizm, fütürizm, dadaizm, sürrealizm... Sembolizmin çürümesinden meydana gelen bütün bu mantar cinsinden ekollerin hemen hepsi birtakım yabancıların memleketimize getirdiği kahve ve meyhane hareketleridir. Biz misafirperver bir milletiz. Hapishanelerimiz yabancı suçlularla, hastanelerimiz yabancı hastalarla, mekteplerimiz yabancı öğrenciyle, akademilerimiz, enstitülerimiz yabancı âlim ve sanatkârlarla doludur. Müzelerimizde kendi büyüklerimizin günden güne artan ürünlerine bile yer bulamazken Legion d'Honneur nişanıyla dehasına hürmetimizi ödediğimiz ve büyük hünerini şerefle benimsediğimiz Japonyalı ressam Foujita'nın[1] şaheserlerine sanat hazinelerimizin en seçkin yerlerini ayırdık. Aslen Polonyalı Landowsky[2] bizim en büyük heykeltıraşlarımızdan biridir.

Kübizmin bizde babası edebiyatta Guillaume Apollinaire[3] ismiyle tanılan Polonyalı Wilhelm Kostrowitsky'dir. Kübizm başlangıçta yalnız resme mahsus bir yenilikti ve empresyonizme karşı bir tepki olmak üzere vücuda getirilmişti. Resimde empresyonizm modelin belirli bir ışık altında, bir ana mahsus şekil ve vaziyetini tespit etmeyi hedefler. Kübistler ise modelin yalnız görünen cephesini değil, görünmez kısımlarını da, üç boyutunu da tabloda göstermek gayretine düştüler. Bu suretle seyirciler bir gün aynı tablonun çerçevesi içinde bir keman parçasını, bir tarağı, bir çubuğu, bir bıyığı ve bir yarım insan çehresini toplanmış görmekle hayret içinde kaldılar. Kübist ressam yaptığı bir şeklin ayağını resmetmek için şayet yer bulamazsa, bacağı başın yan tarafına uzatmakta hiçbir mahzur görmez. Guillaume Apollinaire ve arkadaşları bu düsturu ressamlardan kıskanarak onu yazı sahasına taşıdılar ve şiiri de tasvir ettiği konunun bütün ayrıntısını, karmakarışık nakletmeye mecbur ettiler.

— Fütürizm?

---

1 Léonard Tsuguharu Foujita (1886-1968), Japon asıllı Fransız ressam.

2 Paul Maximilien Landowsky (1875-1961), Polonya kökenli Fransız heykeltıraş.

3 Guillaume Apollinaire (1880-1918), annesi Polonyalı, babası İtalyan olan şair, oyun yazarı, hikâyeci, romancı ve sanat eleştirmeni.

— Dünya Savaşı'ndan iki sene evvel beliren fütürizmin de Fransa'da önayak olanı aynı Guillaume Apollinaire'dir. Fütürizm aslen İtalyan'dır ve mucidi Marinetti[1] isminde biridir. Fütüristlerin iddiası yalnız çağdaşlar tarafından değil, gelecek nesiller tarafından da anlaşılmaktır. Bunlar geleceğin sözde habercileridir. Fütürist şair makinelerden, fabrikalardan bahseder ve yeni hayatın süratini anlatmak maksadıyla tasvirlerini hiçbir bağla bağlamaksızın bir sinema dönüşü süratiyle sıralar.

— Dadalar?

— Bir manası olmayan "dada" tabiri 1916 senesinde İsviçre'de, Zürih şehrinde toplanan ve reisleri Tristan Tzara[2] isminde bir Romanyalı genç olan, muhtelif milletlere mensup küçük bir zümre tarafından icat edildi. Bunlar iki sene sonra karargâhlarını Paris'e taşıdılar ve orada birtakım Fransız gençleriyle birleştiler. Guillaume Apollinaire bu yeni grubun da içindeydi. Dadaizm esas itibarıyla Dünya Savaşı neticesinde iflas eden bütün mantık ve felsefeyle alay ve sağduyuya hakaret için saçma sapan söylenmekten başka hiçbir şey değildir. Bu mesleği, edebi bir ekol şeklinde değerlendirme ona hakaret etmektir. Zira onun iddiası hiçbir şey olmamaktır.

— Sürrealistler?

— Sürrealizm oldukça makul bir esasa dayanır. Bu ekolün kuramcısı ve önderi André Breton'a[3] göre şiirin zevki bilinçaltı kaynaklarda gizlidir. Bazen sırf tesadüf sevkiyle yan yana gelen iki kelimenin çarpışmasından fışkıran parıltı koca bir manzumenin yegâne parlak şiir noktasını teşkil eder. Sanat eserinin yaratımında sanatkârın iradesinden ziyade tesadüfün etkin bir rolü vardır. Bundan dolayı kendimizi içgüdümüze bırakmak suretiyle bilinçaltı âlemine temasımızı muhafaza edebiliriz.

---

1 Filippo Tommaso Emilio Marinetti (1876-1944), İtalyan Faşist Partisi'nin ilk üyelerinden, şair, editör, kuramcı ve fütürizm hareketinin kurucusu.

2 Tristan Tzara (1896-1963), dadaizmin kurucularından Rumen asıllı Fransız şair ve yazar.

3 André Breton (1896-1966), Fransız yazar, şair.

Bu kuram uygulamada şu suretle kullanılır: Sürrealist şair önüne boş bir kâğıt alır ve hiçbir şey düşünmeksizin, mekanik bir boyun eğişle kalemini beyaz sayfa üzerinde yürütür, satırlar aranmaksızın akla gelen birtakım kelimelerin sıralanmasından meydana gelmiştir. Buna otomatik yazma usulü adı verilir. Bu sistemle hiç de fena olmayan eserler vücuda getirilmiştir.

— Halkınızın edebi zevkine şimdi hükmedenler hep bunlar mı?

— Fransız milleti kös dinlemiştir. Bu tür zümrelerin yaygaraları ona vız gelir. Fransız edebiyatının bu dakikada hükümranları şiirde özellikle Valery, nesirde Proust, Morand, Gide, Claudel ve Giraudoux'dur. Ne gariptir ki bunlar evvelce sırayla, sembolist, dadaist, kübist ve son aşama olarak sürrealist idiler. Fakat halk tarafından anlaşılır bir hale gelince ve rağbet bulmaya başlayınca arkadaşları onları gruplarından uzaklaştırdılar. Anlaşılan bu yeni akımlara mensup olmak şerefi rağbeti ancak rüyada görmüş olmaya bağlıdır.

Arkadaşımız genç kadını kedi gibi esnetmeye başlayan bu uzun edebi sohbeti burada bıraktık ve hayatın renkli helezonlarla açılıp kapandığı neşeli bir dans salonuna gittik.

Üniversite Şehri

Aile kontrolüne tabi yerli gençler için emsalsiz bir çalışma yeri olan Paris, otelde yatıp kalkan iradesiz yabancı içinse, bilakis baş döndürücü bir fuhuş ve rezalet girdabıdır. Birçok memleketlerden bu şehre tahsillerini yapmak üzere gönderilen gençler tam bir hazırlık, müthiş bir iyi niyet ve hiçbir şeytani ayartma ateşiyle erimeyecek içten gelen bir kuvvetle donanmış değillerse, ruhlarını ve etlerini bu cehennemî çarkın dişlerine kolayca kaptırırlar. Her ırka mensup nice bedbahtların Paris'ten memleketlerine dönerken, her gece alışılmış saatlerde yataklarına girmiş olmaktan başka hiçbir günahları olmayan vatandaşlarına karşı kafa tutmak için havada sopa şeklinde salladıkları yegâne yeni faziletleri Montmartre, Saint-Michel veyahut Montparnasse sokaklarında birkaç sene sabahlara kadar kundura eskitmiş olmak meziyetinden başka bir şey değildir.

Gençliğin Paris'te maruz olduğu tehlikeleri bilen bazı hayır sahipleri bunları sefahate ve sefalete karşı etkili bir surette korumak üzere bir üniversite mahallesi kurulmasını düşünmüşlerdir. Bu insani fikrin hakikat sahasına geçişi şimdi Parc Monceau civarında, yıkılan eski istihkâmların yeri üzerinde yükselmeye başlayan muhteşem Üniversite Şehri'ne vücut vermiştir.

Yemyeşil tarhlar... Sarı kum döşeli yollar... Ağaçları yeni dikilmiş bahçeler içinde, işte sıra ile Fransız, Belçika, Brezilya, Kanada, Japon, Birleşik Devletler sarayları... En zengin otellerden daha mükemmel istirahat vasıtalarını toplayan bu binaların cephesinde inşa masraflarını ceplerinden ödemiş olan zenginlerin altın ve mermer harflerle isimleri:

Fransız binası üstünde Deutsch de la Meurthe[1] ismi.

Belçika binası üstünde Biermans-Lapôtre[2] ismi, vs.

Romanya, Yunanistan ve hatta masrafları Nubar Paşa[3] tarafından ödeneceği söylenen Ermeni binalarının yerleri şimdiden hazırlanmış, ustaların işe başlaması bekleniyor.

İnsani bir müsabaka sahası mahiyetini alan üniversite mahallesinde Türk bayrağının da bir an evvel dalgalandığını bilmek ne kadar dilemeye değerdir.

---

1 Henri Deutsch de la Meurthe (1846-1919), Fransız petrolcü işadamı.

2 Paris'teki Üniversite Şehri içinde öncelikle Belçikalı ve Lüksemburglu öğrencilerin konaklaması için bir bina inşa eden Biermans-Lapôtre Vakfı.

3 Nubar Paşa (1825-1899), Ermeni asıllı Mısırlı devlet adamı.

Cami ve Havra

Fransızlar Kuzey Afrika Müslümanlarına sözde bir jest olmak üzere Paris'te, hayvanat bahçesi civarında Mağrip mimarisiyle güzel bir cami inşa etmişlerdir. 1924 senesinde bu cami henüz yapılmaktayken Afrikalı işçilerin bir çekiç ve bir demir kalemle taşa nasıl yontulmuş bir mücevher şeklini verdiklerini görmeye gitmiştim. Bornozlu ustanın marifeti kullandığı ilkel aletlere göre bir kunduz veya bir arının hayret verici hünerinden hiç farklı değildir.

Üç sene sonra inşaatı artık biten bu camiyi yine ziyarete gittim. Gördüklerimle yüzüm hayâ ve utançtan kızardı. Paris'te Fransızların sadakası olan bu Müslüman ibadethanesi şimdi Montmartre Mahallesi'nin eğlence yerleri gibi kapılarını ancak saat ondan sonra gece ziyaretçilerine açan meşhur bir batakhanedir. Müezzin ve hademeler, cami müştemilatından kuskus pilavı yapan bir lokantanın geliriyle ve her türlü fuhşa sahne teşkil eden, içi seccadelerle örtülü, sedirli, avizeli, arabesk bir salonunun gece çiftlerine içirdiği kokteyl ve şampanya hasılatıyla geçiniyor. Şerefli bir cami!

Dünyada emsali olmayan Champs-Elysees Caddesi eskiden kibar bir gezinti ve tatlı bir sohbet yeriydi. Şimdi inci, elmas, zümrüt ve yakut istilası altındadır. Eski üç katlı konaklar birer birer yıkılıyor, yerlerinde on on beş katlı bankalar, ticarethaneler yükseliyor. Eski siyah duvarlar mermer, altın ve gümüş levhalar altında saklanmaktadır. Muazzam camekânlar içinde yüksek markalı otomobiller nadir birer canavar gibi teşhir ediliyor. Akşamın alacalığı caddenin kestane ağaçlarını kararttığı andan itibaren sema Champs-Elysees üstünde bütün kelimeleri ateşle yazılmış sonsuz bir ilan sayfasıdır.

Bir akşam gezintisinde bu caddeden geçiyorduk. Büyük bir iskele kurulmuş, sayısız işçiler semalara doğru yükselecek granitten bir duvarı örmekle meşgul. Yanımdaki arkadaşım binayı göstererek anlattı:

— Bir müddet evvel bu binanın yerinde Kont Massa'nın[1] asırlık konağı vardı. Kont son senelerde parasız kalınca mülkünü Musevi cemaatine sattı. Eski binanın tarihî kıymeti büyüktü, hükümet satın aldı ve rasathane bahçesine olduğu gibi naklettirdi. Boş kalan arsa üzerinde inşa edilmekte olduğunu gördüğünüz bu muazzam bina ise bir havra olacak!

Yanımızdaki sarı saçlı genç kadın, tatlı ve yavaş bir sesle düşüncesini söyledi:

— Bir havra daha yapılmış bunun ne önemi var? Kökleri her taraftan dünyayı saran bütün bankalar birer havra olduktan sonra...

---

1 1809'da Napoléon Bonaparte tarafından Duc de Massa unvanı verilen Claude Ambroise Régnier (1736-1814).

Gelecekteki Mimari

Paris'te sokak ulaşımı büyük bir medeniyet merkezi için cidden utanılacak bir hale gelmiştir. Buna sebep otomobildir.

Buharın keşfi insanlık hayatında büyük bir değişim yapmıştı. Mavi deniz üzerinde büyük pervaneler gibi dolaşan yelkenli gemiler kanatlarını toplayıp öldüler; fabrika mimarisi doğdu, siyah bacalar hava ve sema manzaralarını değiştirdiler. Her tarafta işçi ırkı eski esirler cinsinin yerine geçti, işte o kadar. Fakat motor hayatın genel manzarasını yakında kökünden çevirip başka bir şekle koyacak.

Paris'te az çok istatistik işlerinden anlar bir zattan öğrendiğime göre bu şehirde çalışan yalnız kira otomobillerinin adedi otuz altı bini geçiyor. Buna sayısı nice meçhul binlerce özel otomobil daha ilave edilirse, yol ulaşımının Paris'te ne çetin bir mesele teşkil ettiği anlaşılabilir. Dünyayı kaplayan otomobil fabrikalarının motorda her gün vücuda getirdiği yeni gelişmeler araba sahibinin maruz olduğu zorlukları süratle azaltıyor. Fiyatlar günden güne ucuzlamakta, ödeme için yapılmakta olan kolaylıklar artık her keseyi otomobile doğru çekmektedir. O suretle ki her adamın şişip koca bir otomobil haline gelmesi ve caddelerde akan halkın bir dev sürüsünü andırması hiç de uzak bir gelecek değil!

Bu gelecek gele dursun, daha şimdiden Paris caddeleri bilhassa akşam beşten yedi buçuğa kadar tıkanmış hasta bir damar gibi ulaşım akınını içine almaya yetişemiyor. Binlerce otomobil cadde ortalarında sıkışmış, adım başına dikilen polislerin sopa işaretine uyarak birer kaplumbağa yürüyüşü ağırlığıyla her beş dakikada bir ancak yarım metrelik bir yol alıyor. Bu hal yeni bir sürat aleti olan otomobili zıddı olan eski beygirli arabanın da aşağısına düşürmektedir. Bu yüzden yollar tıkanıyor, yaya hareket edemiyor ve şehrin genel hareketi her tarafta felce uğruyor.

Ne olacak? Şimdiye kadar bütün başvurulan çarelerin derde deva olmadığı anlaşıldı. Otomobili dünya yüzünden kaldırmak da tabii bahis konusu değil. Mecburen ilkel ulaşım araçlarına göre kurulan ortaçağa has şehir çerçeveleri yıkılacak ve şimdi bir tür deli addedilen Le Corbusier[1] gibi mimarların estetiği dünya üzerinde hâkim olacak...

Gelecek otomobil şehrinin zemini muhtelif tabakalardan vücuda gelecek, trafik sahasını boşaltmak için evler kalkacak ve bütün bir mahalleyi karnında toparlayan Amerikan işi, kırk elli katlı, binbir pencereli korkunç ve çıplak küpler yükselecek. Bunu bir hayal zannetmemeli, Paris'te şimdiden yer altında büyük caddelerin açılması ciddiyetle düşünülüyor.

---

1 Charles-Édouard Jeanneret (1887-1965) İsviçre asıllı Fransız mimar, şehir planlamacısı, ressam, tasarımcı.

Pislik ve Temizlik

İstanbul'dan uzak kaldığım müddetçe bilhassa pire ve tahtakurusunun hasretini çekmiştim. Gerçi beni götüren vapurun süslü kamarasında yol arkadaşlarım sayısız hamamböcekleriyle ismini bilmediğim birtakım iğrenç kurtlardı. Fakat Marsilya'dan itibaren bütün dost haşarata bir müddet için veda etmek lazım geldi.

Paris domuz eti yer, şarap içer ve Müslüman kanunlarının emrettiği temizliklerin hiçbir türünü tanıyacak bir seviyeye henüz varamamıştır. Fakat buna rağmen ne gariptir ki bu şehrin havası keskin hela kokusu yerine taze sonbahar güllerinin kokusunu andırır bitkisel, hafif, uçucu bir ıtırla doludur. İnsan bağırsaklarının karanlıkları içindeki kimyevi faaliyet gibi, Paris'in bütün kirli mayası –her büyük şehirde olduğu üzere– beş duyudan hiçbirine aşikâr olmaksızın, yeraltı yollardan birtakım uzak ve esrarengiz mevkilere dökülüp giderler. Bu arada bit, tahtakurusu ve pire –sosyal birer ayıp gibi– ortadan kaldırılmışlardır. Filitoks veya filit[1] ilanlarına Paris'in hiçbir duvarı üstünde tesadüf edemedim.

Fakat ne yalan söyleyeyim, Paris'te odaların tahtakurusuz ve yatakların piresiz oluşu bana ilk günlerde azap çektirmedi değil! Pisliği sevmemekle beraber herkes gibi ta çocukluğumdan beri tanıdığım bu aziz aşinaların etrafımda eksikliği adeta hayatımın intizamını bir müddet için bozmuştu.

1 Fare ve haşere zehirleri.

Artık geceleri ikide bir, bir iğne ucuyla dürtülerek uyanamaz ve zamanın seyrinden haberdar olamaz olmuştum.

Bu kesintili uykular sayesindedir ki senelerden beri geceleri kalkar, lambamı yakar, masamın önüne geçer ve uykum tekrar gelinceye kadar okurum. Kitaplardan istifademin belki yüzde kırkını gecenin bu sokulgan haşaratına borçluyum. Piresiz Paris'te uykularım birer siyah kâbusa dönmüştü. Sabahları gözlerimi hatırasız bir ölümden açıyor gibi olmuştum.

Her tarafta göze çarpan bu fiilî temizliğe rağmen Fransızcada "bitli" sıfatının mevcut oluşu hayretimi çekmişti. Fransızlardan bu tuhaflığın hikmetini sordum.

— Evet, dediler, bu kelimenin neye delalet ettiğini bilmeden kullanırdık. Fakat Dünya Savaşı'nın son senelerinde Paris içinde iki bit bulunabildi. Bu nadir yaratıkları hayvanat bahçesinde hayli müddet çoluk çocuğa teşhir ettiler. Tahtakurusu ve pireyi de ancak fil-i mahmudi[1] gibi yok olmuş hayvan ırkları arasında tanırız.

Paris'ten döndüğümün ilk gecesi gözümü kapadıktan belki yarım saat geçmeden aşinalarımın ziyaretini haber veren bir acıyla uyandım. Sevimli bir pire genç bir ceylan neşesiyle etrafımda sıçrıyor, bir tahtakurusu da gece mesai saatinin geldiğini haber vermek üzere dost bir yürüyüşle yaklaşıyordu. Artık iyiliksever küçük dostlarımın ortasındaydım.

1 Yemen valisi Ebrehe'nin Kâbe'yi yıkmak için gelen ordusundaki büyük fil.

Son Sayfa

Herkesin tanıdığı bir memlekette yapılan kısa bir seyahate ait olan bu notlarda birçok okur, Amerikan işi bir haydut vakasına, dolaşık bir hırsızlık hikâyesine, göz kamaştırıcı bir eğlence âlemi tasvirine tesadüf etmedikleri için belki hayal kırıklığına uğramışlardır. Hakları da yok değil. Bir seyahat daima alışılmış hayatın düzlüğü haricinde fevkalade maceralar fikrini gerektirir. Zannedilir ki ufuklarımızın ötesi bambaşka âlemlerin eşiğidir. Güneşin battığı yerde bulutlardan saraylar kurulduğunu, erguvandan kaleler yükseldiğini, ateşten caddeler açıldığını, zümrüt veya yakuttan tavuslar ve horozlar dolaştığını görenler kendi hayatlarından artık tat almaz olurlar ve ufukların arkasında emsalsiz bir cihanın saklandığını zannederek bu âlemin hasretini çekmeye koyulurlar.

Bu acı bir vehimdir. Vapurdaki siyah, geniş deniz üzerinde ilerledikçe aynı denizin önünde mütemadiyen uzayıp gittiğini görmekle hayret eder. Cins cins zannettiğimiz insanlar da her yerde birdir ve aynı şeyleri söylerler. Sinema perdesine bakınız: Dil farklarının seyirciyi aldatmadığı bu beyaz sahne üzerinde geçen binbir insan numunesinin aynı el ve çehre hareketleri, aynı elem kıvranmaları, aynı neşe sıçramaları yaptığına bakarak bütün ırkların bir tek lisanla konuştuğuna hükmedeceğiniz gelmiyor mu?

Ben kısa seyahatimde hiçbir macera aramadım. Zaten arasam da bulamazdım. Polis inzibatının demir zincirler gibi her taraftan kıskıvrak bağladığı bir küre üzerinde alışılmış nizam haricinde bir fevkaladeliğe tesadüf edilebileceğini zannetmekte inat eden yalnız Amerikalı seyyahlar kalmıştır. İri beşikleri andıran otokarların büyük şehirlerde sokak sokak dolaştırdığı bu kocaman gözlüklü, kedi yüzlü insanların hali gülünçtür, bu ihtiyarlamış çocukları eğlendirmek için Hint ormanlarında uydurma kaplan avları, İspanya'da yalancı haydut çatışmaları, Paris'te polis nezareti altında sahte bıçkın toplanmaları tertip ederler. Denilebilir ki Amerikalı seyyah gezdiği dünyanın hiçbir tarafını hakiki çehresiyle görmüyor. Yaptığı iş kendi sadeliğini memleket memleket dolaştırmak ve âlemi kendisine kıs kıs güldürmekten ibarettir.

Paris'te ne yaptım? Hiç! Şimdi hatırası bende akıllara durgunluk veren bir maceranın keskin tadı gibi kalan en kuvvetli saatlerim krizantem ve kış gülleri kokusu ve kadın çehreleri renkleriyle dolu neşeli bulvarlarda hedefsiz gezintilerim, Notre Dame Kilisesi eteğinde korkunç ortaçağa has gölgeye sığınmış küçük bir sonbahar bahçesindeki hayal ve unutma dakikalarım, bilhassa geceleri evime dönerken Seine Nehri'inin rıhtımları üzerinde tek başıma yaptığım gezintilerdir. Taştan bir çerçeve içinde hapsedilen nehrin siyah suları gece hayalî denilecek bir durgunlukla durgundur. Baş aşağı çevrilmiş ikinci bir Paris beyaz, kırmızı ve yeşil ışıklarıyla bu sihirli nehir içinde hareketsiz düşünür. Bu suda boğulmuş şehrin baş aşağı dolaşan yegâne sakini ben olurdum.

Paris gibi coşan bir hayat ve hareket şehrinde duyduğu bu hiçten zevkleri notlarının bu son sayfasında hatırlamaktan sıkılmayan adamın saflığı niceleri için belki çocukçadır. Fakat bu adam zevklerini başkalarına satmak üzere tatmıyor. Onun için saflık ve samimiyeti hoş görülmeli.